皇子の小鳥

—熱砂の花嫁—

CROSS NOVELS

秋山みち花
NOVEL:Michika Akiyama

せら
ILLUST:Sera

CROSS NOVELS

CONTENTS

CROSS NOVELS

CONTENTS

CROSS NOVELS

皇子の小鳥

―熱砂の花嫁―

秋山みち花

Illust せら

Presented by Michika Akiyama with Sera

1

「それでは、今日の講義はここまで」

教授の声とともに、階段教室にチャイムが響く。

後ろのほうで講義を受けていた倉橋七海《くらはしななみ》は、帆布のトートバッグに手早く荷物を放り込んで席を立った。

このあとバイトが入っているのだが、移動時間を考えると遅刻ぎりぎりだ。だが急いで教室を出ていこうとした時に、大きな声で呼び止められた。

「おい、七海、待てよ。もう帰るのか？　たまには合コンつき合えよ」

あとを追ってきたのは、中学から友だちづき合いを続けている新開《しんかい》だった。

子供の頃からサッカー選手として活躍してきた新開は、鍛え抜いた長身が自慢のハンサムな男だ。膝《ひざ》の故障で引退するまでは、全日本《ぜんにほん》入り間違いなしと期待されていたこともあって、常に女子大生に囲まれている人気者だった。服装のセンスもよく、しゃれたカットソーとパンツの組み合わせに、さりげなく銀のアクセサリーをつけている。

それに比べると、七海は身長こそ平均だけれども、かなり細めの体型だ。そして、肌が白く、薄い色の瞳だけが目立つ、お世辞にも男らしいとは言えない顔立ちだった。一部の学生の間では、女の子のように可愛《かわい》らしいと言われているらしいが、そんなことは自慢にもならない。

Tシャツの上にデニムのジャケットを羽織った格好も、おしゃれと言うにはほど遠く、辛うじて野暮《やぼ》ったさを免れている程度。颯爽《さっそう》とした新開とは格段に差があった。

「ごめん、新開。今日はバイトのシフトが入ってるんだ。だから、今度シフトが休みの時に、また誘ってほしい」

七海がそう答えたとたんだった。

新開はすかさず整った顔をしかめ、これ見よがしに大きくため息をつく。

「おまえさ、シフトが休みの時って、いつの話だよ？　大学の講義を受けてる以外はずっと働きっぱなしじゃないか。奴隷《どれい》じゃあるまいし、ＫＵＲＡＨＡＳＨＩグループはブラックかよ？」

新開の抗議に、七海は曖昧《あいまい》に微笑《ほほえ》んだ。

「ＫＵＲＡＨＡＳＨＩは別にブラック企業じゃないよ。ぼくのシフトが多いのは、研修も兼ねてのことだから……」

「そうやっていいふうに解釈してるのはおまえだけだろ。寝る時間さえ削ってるって事実が、すでにおかしいんだ。いい加減、自分でどうにかしないと、おまえほんとに倒れるぞ？」

「うん、心配してくれてありがとう。でも、今のところなんとかなってるし、大丈夫だから」

「なんとかなってるって、おまえな」

新開はさらに忠告を続けようとしたが、七海は両手を合わせて話を止めた。

「ごめん。遅刻するから、もう行くよ」

「わかったよ。とにかく、身体には気をつけろよ？　病気で寝込んだりしたら、元も子もないんだからな」

「ありがとう」

心配性の新開に、七海は心からの礼を言った。

くるりと背を向けると、いつの間にかまわりに人垣ができている。女子学生の割合が多いのはいつものことだとしても、新開は男からも人気がある。

まわりからは、どうして地味でつき合いの悪い七海が友だちなのかと、不思議に思われていることだろう。

新開が自分を気遣ってくれるのはありがたいけれど、今は本当に時間がない。

七海はそっと人垣から抜けたあと、廊下を飛ぶように移動して最寄り駅へと急いだ。

†

大学のある最寄り駅から私鉄に乗って三十分。七海がバイトをしているのは、都心にある名門ホテルＫＵＲＡＨＡＳＨＩだった。

七海の苗字《みようじ》が同じ「倉橋」なのは偶然ではない。ＫＵＲＡＨＡＳＨＩは倉橋財閥傘下《さんか》の老舗《しにせ》ホテルで、中枢を占める経営陣は、ほとんどが七海と繋《つな》がりのある親族だった。

もっとも、七海自身は倉橋一族とは認められておらず、ただのバイト扱いだ。

何故なら、七海の亡くなった父は、倉橋家から勘当されていたからだ。

理由はよくある話だった。倉橋本家の長男として生まれた父は、未来のKURAHASHIを担う人材として親族から大いに期待されていた。にもかかわらず、母との結婚に反対された父は、何もかもを捨てて家を出たのだ。

経済的な援助は何も得られなかったが、父と母は必死に働いて、小さなリゾートホテルを経営するまでになった。そうして七海も生まれ、家族は幸せな年を重ねていた。

けれどもその幸せは、七海が十歳になった時に壊れてしまった。

台風の日に、どうしてもあとに延ばせない用事があって、両親は一緒に車で出かけた。しかし、雨量が限界に達し、両親の車は突然の崖《がけ》崩れに巻き込まれてしまったのだ。

母は即死だった。父は辛うじて助かったのだが、足の損傷が激しく、退院してからも車椅子での生活を余儀なくされた。ひとり息子の七海は働き手としての戦力にならず、ホテルの経営を続けていくには、人を余分に雇うしかない状況だった。だが、父と母が真心を込めて客を迎えていた時とは違い、すぐに客足がとおのくようになった。

経営は苦しく借金が増えていくばかりだ。そんな中で、父は事故後の経過が思わしくなくて再入院することになった。

七海はベッドのそばで父に約束した。

――パパ、大丈夫だよ。ぼくがきっとホテルを守っていくからね。

――七海、ごめんな……何もしてやれなくて……七海……。

それが、父の残した最期の言葉になった。

両親が夢見て、また愛情をかけたホテルはあっさり人手に渡り、なお且《か》つ借金が残った。そして、ひとりぼっちになった七海は、父の実家である倉橋家に引き取られたのだ。

しかし、倉橋家での暮らしは七海にとって苦しいものだった。

倉橋家の家長は、七海にとって曾祖父《そうそふ》に当たる人物だ。だが高齢のため、財閥の経営からは手を引いており、今は数人の使用人のみを連れて別荘暮らしをしている。

祖父は早くに病を得て亡くなっており、その弟、つまり七海の大叔父が総帥として、現在のKURAHASHIグループを率いていた。

広大な本家の屋敷には、大叔父の家族の他にも一族の者が住んでいるが、七海は完全に厄介者としか見られていなかった。

一族の者はグループ内での己の立場を固めることに汲々《きゅうきゅう》とする傾向があり、子供たちにもその争いの種が植えつけられている。

勘当され、家を出ていった者の息子が戻ってきたのは、競争者が増えるということ。ゆえに七海は、誰にも相手にされず、ほとんどの時間をひとりで過ごすしかなかったのだ。

しかし、大学に通うようになって、七海は自らホテルでバイトをしたいと志願した。

父が残した借金は倉橋家が肩代わりしてくれた。それを少しでも返したかったからだ。それにホテル経営を勉強し、いつの日か両親のホテルを買い戻して再開させたい。そんな夢も持っていた。

家長である大叔父は冷笑を浴びせただけで、駄目だとは言わなかった。

ただし、倉橋の者だからといって特別扱いはしない。むしろ社員やスタッフの前ではひたすら腰を低くしていろと命じられた。

これは自ら望んだこと。七海に異存はなく、だからこそ新開が心配してくれても、つい頑張りすぎてしまうという日々が続いていたのだ。

地下鉄を降り、七海は急いでＫＵＲＡＨＡＳＨＩホテルを目指した。

タイミングが悪く、一本遅い電車にしか乗れなかった。バンケットスタッフのチーフは厳しい人で、一分でも遅れようものなら、何を言われるかわからない。

七海は仕方なく近道を行くことにした。従業員用の出入り口はホテルの本館の裏手にあり、敷地を大きく迂回《うかい》していく必要があった。でも別館の横にある庭園を抜けていけば、早く通用口にアクセスできる。本当は遠慮すべきなのだが、背に腹は代えられなかった。

トートバッグを肩掛けした七海は、急ぎ足で庭園の小路を辿《たど》った。

純和風の趣《おもむき》を残す庭園には、ぽつりぽつりと人の姿があった。七海はなるべくその人たちの邪魔にならないような道を選んで進んだ。

だが、あと少しで本館との連絡通路といったところで、近くの四阿《あずまや》からふいに長身の人影が現れる。

「あっ」

小走りに進んでいた七海は避けようもなく、ぶつかってしまった。重いトートバッグが肩から落ち、危うく尻餅《しりもち》もつきそうになるが、とっさに手が伸びてきて力強く支えられる。

「す、すみません！」

七海は謝りつつ顔を上げたが、そのあと思わず息をのんだ。

ぶつかった相手は長身の外国人だった。ゆるくウエーブのかかった黒髪は襟足を隠す長さで、彫りの深いハンサムな顔立ちの男だ。日焼けしたなめらかな肌、そしてアクアマリンのように青い瞳が印象的で、吸い込まれてしまいそうになる。上質なスーツをすっきりと着こなした姿は、ファッション誌から抜け出してきたかのように見応えがあった。

「失礼した」

男は低音の魅惑的な声を発する。

その声が耳に届いた瞬間、七海は何故かぶるりと全身を震わせてしまった。

英語の発音は英国風。どこの国の人だろうか……？

七海はぼんやり考え込んだ。

けれども、青い瞳で訝《いぶか》しげに見つめられ、ようやく我に返る。

「こ、こちらこそ、申し訳ありませんでした。急いでいたので、あなたが四阿から出ていらしたのに気づかなくて……」

七海は頬《ほお》を赤く染めながら再び謝った。

将来ホテルの経営を自分の手で行いたいと思っているので、日頃から英語の学習には力を入れている。日常的な会話なら、困らない程度にはなっていた。

「日本の庭園は興味深い。それに静かだし、人目を避けるスペースもある……」

長身の男はやわらかく口元をゆるめて言う。

とりとめのない感想に、七海はどう答えていいかわからなかった。

何故だかこの男を見ているだけで、心臓の鼓動が高まる。熱くなった頬も、少しも冷めてくれなくて、ひどく恥ずかしさを覚えた。

いつまでも、この人を見つめていたい。

そんな衝動にも駆られるが、残念なことに今は本当に時間がない。

「あの……日本の庭園を気に入ってくださって嬉《うれ》しいです。助けていただいて、ありがとうございました」

七海が辛うじて声をかけると、男はなんのことだというように片眉《かたまゆ》を上げた。

「助ける？」

「はい、転びそうなところを助けていただきました。あ、あの、それで……」

七海は喘《あえ》ぐように口にした。

男の手はまだ腰の裏にまわされている。抱き寄せられているような格好だったから、迫力ある美貌《びぼう》が間近に迫っていた。

「それで？」

男は少しも動こうとせず、青い目でじっと七海を見下ろしているだけだ。

「あ、あの……ぼく……もう、行かないと……。す、すみません……手を……」

途切れ途切れに言った瞬間だった。

さらにぐいっと腰を引き寄せられる。

青い瞳に呪縛《じゅばく》された七海は、男にされるがままになった。

そうしてきれいな顔が近づき、そっと唇を塞《ふさ》がれる。

「……んっ」

唇に触れた温かなものに、七海は目を見開くだけだった。

キス、された？

そう気づいても、抵抗するどころではなかった。腰にまわった手に力が入り、七海はさらに深く口づけられる。

心臓が大きく音を立て、かっと身体中の血液が沸騰するような熱さを感じた。

隙《すき》を衝《つ》いて滑り込まされた舌が、いやらしく口中で動き、どうしていいかわからない。

何故か、少しも嫌悪を感じなかった。それどころか甘い口づけを受けるのが、たまらなく気持ちいいと思ってしまう。

どうして、会ったばかりなのに、こんなキスを？

しかも、自分は男なのに……！

口づけでぼうっとなっていた七海は、なんとか正気に戻った。懸命に身をよじると、ようやく男の唇が離れる。

「……はっ……っ、は……」

七海は激しく息をつきながら、潤んだ目で男を見つめた。

いきなりキスするなんてひどい。抗議すべきだ。そう思っても、すぐには言葉が出てこない。

「名前は？」

「……七海……」

問われるまま、素直に答える自分が信じられなかった。

「ナナミ……いい名だ」

男はそう言いながら、ふわりとした笑みを浮かべる。

また心臓がどきりとするが、七海は必死に己を取り戻した。

初対面の男とキスするなんて、どうかしてる。こんなの絶対におかしい。間違っている。

「は、離してください……っ」

七海は懸命に訴えた。

だが、泣きそうな目で見つめても、男はまだ七海を引き寄せたままだ。

「ここで手放してしまうには惜しい。いやだと言ったらどうする？」

「そんな……っ、ぼく、仕事があるんです。お願いですから……っ」

「仕事？　おまえはこのホテルで働いているのか？」

「そうです。シフトに遅れてしまうので、もう離してください」

再度訴えると、やっと男が腕の力をゆるめる。

七海はその隙を逃さず、男の腕から抜け出して、手早く足元に落ちていたトートバッグを拾い上げた。

「失礼します」

七海は短く告げて、長身の男に背を向けた。

まだ心臓がドキドキしている。頬も熱くなったままだ。それでも七海は必死に男から逃げ出すべく、庭の小路を走った。

ずっと見られている視線は感じたが、男があとを追いかけてくる気配はない。

ほっとすると同時に、七海はどうしてだか、大きな喪失感にも襲われた。

あの人はきっとホテルの滞在客だろう。でも、バンケットルームのスタッフ見習いにすぎない自分は、もう二度と彼に会うこともないのだ。

†

七海は従業員用のドアからロッカールームに飛び込み、大急ぎで白衣に着替えた。

思いがけない事件でまだ息が整わないが、キスしてきた男のことを懸命に頭から追い払う。

今日は大きなレセプションが行われる予定になっているので、七海がホールに顔を出した時は、スタッフ全員が動きまわっていた。

「倉橋、三十分の遅刻だ！」

いきなり頭ごなしに怒鳴られて、七海は思わず身をすくめた。

実際には五分ほどの遅れだろう。それなのに大声を出されたことで、遠くにいたスタッフの注目まで浴びてしまい、言い訳ができなくなる。

「すみません」

怒鳴ったのは今年で四十歳になるバンケットスタッフのチーフで、七海はこの高田《たかだ》という男に嫌われていた。

倉橋の苗字を名乗っていることが、裏目に出たのだ。

最初にバンケット部門に配属された時から迷惑だという顔をされた。オーナー一族のお坊ちゃんが何をしに来たのかと、敬遠されたのだ。そして七海が倉橋姓であるにもかかわらず、一族の者から疎《うと》まれていることを知ると、今度はねちねちと文句を言うようになった。

何か失敗をすれば、ここぞとばかりに怒られる。

高田は、そうするほうが倉橋姓の上司に喜ばれることを知ったのだろう。

もちろん七海には文句を言う権利などない。なるべく失敗をしないように気をつけて仕事を覚えるだけだ。

「倉橋、テーブルの数が足りない。あと十台、それに予備を入れて椅子を三十脚追加だ。倉庫から運んでこい」

「はい。でも、あの……ぼくひとりでですか？」

「当たり前だ。見てわからんか？　余分な人手が割ける状態じゃない」

「わかりました」

高田の命令に応じるべく、七海はすぐさま行動を起こした。

アラブの王族の主催で、新規事業立ち上げの記者会見。そのあと立食のパーティーが催されることになっている。

会場は記者会見用とパーティー用。それに関係者の控え室。七海が命じられたのは、記者会見用のテーブルと椅子の追加だった。

裏方の仕事でも、客の目に触れる機会がある。だから七海は糊《のり》の利いた白のシャツに、同じ白の蝶ネクタイ、それに黒のスラックスという格好だ。細身の七海にはまったく似合わないスタイルで、まるで子供のように見えてしまう。

会場の地下に様々な道具類がしまわれている倉庫があって、七海はそこの係に手伝ってもらい、折りたたみのテーブルと椅子をカートに載せた。

ずっしりと重量のあるカートをひとりで動かすのは大変だが、高田の顔色を気にする他のスタッフには助けてもらえない。

七海は額《ひたい》に汗を浮かべながら、重いカートを上の部屋まで運んだ。ところが会場に着いてみると、すでにセッティングが終了しており、追加のテーブルを並べる余裕がない。

「あ、あの、チーフに言われて追加のテーブルと椅子、運んできたんですけど……」

七海は不安に駆られながら、そばに立っていたひとりに声をかけた。

新卒で、バンケット部門での研修をしている三輪《みわ》という男だ。

「えっ、追加？　だけど、ここではもうテーブルは必要ないよ。高田チーフからセッティングはこれでOKだと言われたばかりだから」

七海と同じぐらい小柄な三輪は、気の毒そうに肩をすくめた。眼鏡《めがね》の奥の目は、七海に対する同情でいっぱいになっている。

無駄な仕事をさせられたのは、わざとだろうか。

それでも七海は、高田の気が変わっただけだと思いたかった。

「それなら、テーブルと椅子は倉庫に戻してきますね。三輪さんのほうから、チーフにそう伝えておいていただけますか？」

「ああ、わかった。伝えるよ」

請け負ってくれた三輪に、七海は無理やりつくった笑みを見せ、再び重いカートを押し始めた。

こんなことぐらいでめげてはいられない。

バンケットはホテルでも重要な部門だ。会場のセッティングや来客の誘導。立食パーティーで料理や飲み物を出すタイミングなど、覚えることは山ほどある。

倉庫にカートを戻したあとも、七海は先輩スタッフの細々《こまごま》した指示に従って、それこそ独楽鼠《こまねずみ》のように働いた。

バンケットで七海に与えられる仕事は、頭を使うより体力勝負だ。寝不足が続く身には応《こた》えるが、それでも七海は文句を言わず、必死に身体を動かし続けた。

二時間ほど経《た》って、いよいよ記者会見が始まる。

ちらりと中の様子を窺《うかが》うと、アラビア半島にある国で巨大なショッピングモールを建設するための発表会だった。

主催者のテーブルには、白や黒の民族衣装を着た関係者がずらりと顔を揃《そろ》えている。驚いたことに、そのほとんどが極めて若く、遠目でもはっとするほど整った顔立ちの男たちだった。それぞれが自信に満ち溢《あふ》れ、威風堂々《いふうどうどう》と記者会見を行っているように見える。

そして七海は、その中央にいたひとりの男に視線を釘《くぎ》づけにされた。

黒の民族衣装のせいで、すぐには気づかなかったが、先ほどの男に間違いない。

えっ、王族……？

七海は呆然《ぼうぜん》となった。

記者会見の主催として、四つの国の名が挙がっている。その筆頭がアリダード王国だ。男の前に置かれたプレートにもその名が見え、はっきりプリンスと書かれていた。

庭で出会い、突然キスしてきた男は、アラブの王族だったのだ。

七海はそっと自分の唇に指を触れさせた。キスの感触がいまだにありありと残っている。

でもあの人が王族だったとは、あまりに世界が違いすぎて、出会ったこと自体も夢だったかのようだ。

ずらりと並んだ王族たちは、記者からの質問に、適度なユーモアを交ぜながら次々と答えを返している。けれども何故か、あの男だけは不機嫌そうな顔で、この会見にうんざりしているといった様子を見せていた。

固く結んだ唇のラインに目をやると、前触れもなくまた心臓が高鳴ってくる。

七海はその場から動くこともできず、ただ男の様子だけを眺めていた。

そのうち、ふいに男の眼差しがこちらに向く。

かなり距離があったはずなのに、男は七海の姿を認めたようだった。

視線が絡み、さらに動悸《どうき》が激しくなる。

息さえも苦しくなってきた時に、後ろから小声で叱責《しっせき》された。

「おい、倉橋。こんなところで、ぼうっと突っ立ってるんじゃない。早く配膳《はいぜん》を手伝いに行け。もうすぐ記者会見が終わるぞ」

七海ははっと我に返った。

先輩スタッフのひとりが眉をひそめている。

「す、すみません。すぐに行きます」

七海は慌てて、命令に従うべく動き出した。

記者会見が行われている部屋の向かいが、立食パーティーの会場だ。

広間にはすでに料理の皿が運び込まれ、何人ものスタッフが動きまわっていた。

一番奥には大きな金の屏風《びょうぶ》が立てられ、その前に見事な生花が飾られている。竹とススキという和風素材をベースに、華やかな胡蝶蘭《こちょうらん》をふんだんにあしらった斬新なものだ。

ぎりぎりまでその制作に当たっていたのは、最近よく名前を見るようになった若手華道家の相《さが》良芽衣《らめい》だった。

「すみません。少しゴミが出てしまいました。どこへ捨てに行けばいいですか?」

その相良にやわらかく訊《たず》ねられ、七海はわけもなく頬を染めた。

おそらく、自分と同じぐらいの年齢だろう。ジャケットとスラックス、ネクタイはなし。動きを考えた格好だが、センスのよさが滲《にじ》み出ている。そして彼の可愛らしく整った顔には、幸せいっぽいといった感じの表情が浮かんでいた。

「こちらで始末しておきますので、どうぞ、そのままにしてください」

七海は丁寧に応対し、相良から生花のゴミを受け取った。

「すみません。それでは、よろしくお願いします」

しっかりと頭を下げたあと、相良が会場から出ていく。

七海は急いでゴミを捨てに行き、それから配膳スタッフのもとに向かった。

パーティーが始まれば、七海の仕事は完全に裏方となる。バイトの身分で接客は許されていない。だから、主な仕事は厨房《ちゆうぼう》との行き来だった。パーティーがたけなわとなる頃には、飲み終えたグラスがどっさり下げられてくるし、そのたびに追加のグラスや氷も必要になる。

七海は会場の一角に設けられたカウンターと、厨房とを行ったり来たり、必死に歩きまわった。

パーティー会場には大勢の客が詰めかけ、中には着飾った女性たちの姿もある。生バンドがソフトな曲を演奏し、ダンスを楽しんでいるカップルも見かけた。

驚いたことに、このパーティーには倉橋家の者たちも参加している。七海の又従兄弟《またいとこ》たち、それに家長の大叔父まで恰幅《かつぷく》のいい姿を見せていた。

おそらく、中東での事業にKURAHASHIも加わるのだろう。七海のような下っ端には何も知らされていないが、ショッピングモールに併設してホテルをオープンする計画なのかもしれない。

もしそうなら、自分もその事業に加わらせてほしい。

七海の胸には唐突にそんな思いが溢れた。

もちろんバイトの身で何ができるというわけではない。お茶酌みでもコピー取りでも掃除係でもいい。

少しでもあの人の近くに行けるなら……！

そこまで考えて、七海ははっと我に返った。

自分はいったい、何を思い描いていたのだろう。

男相手にいきなりキスしてくるような輩《やから》なのに、もっと彼に近づきたいなどと、あらぬ妄想に駆られてしまった。

七海は強く首を振った。そして、倉橋家の者とはなるべく視線を合わせないように気をつけながら、仕事に励んだ。七海のほうはなんともないが、顔を合わせてばつの悪い思いをさせてはいけない。

幸いなんの問題もなく時間が経過していく。

しかし、そんな油断を嘲笑《あざわら》うかのように、重大な事件が起きてしまったのだ。

カウンターに下げられてきたグラスや皿が溜《た》まり、七海は汚れ物でいっぱいになった箱型のトレイを持ち上げた。

だが、それを運び出そうとした時、誰かに強く背中を押された。

「うわっ！」

不意打ちを食らった七海は、思わず前につんのめった。

汚れ物の入ったトレイだけは落とすまいと、ぐらつく身体で必死にバランスを保つ。けれども、それが次の災難を引き起こした。

「危ない！」

凛《りん》と響く声が耳に届くと同時に、七海はぐいっと腕をつかまれた。

あまりに勢いがよすぎて、その反動で箱型トレイから両手が離れる。

ガシャンと派手な音とともにトレイが落ち、グラスや皿の欠片《かけら》があたりに飛び散った。

もっとひどかったのは、食べ残しの料理、赤ワインやジュース、お茶などだ。

しかも、それは七海を助けてくれた人間に、大量にかかってしまったのだ。

視界を塞いだのは、べったりと汚れた黒地の布。七海は恐る恐る視線を上げた。

「あ……っ」

高みから七海を見下ろしていたのは、あの王族の男だった。

脇の下に手を入れられて、ぐいっと抱き起こされたが、七海は礼を言うどころではなかった。

黒の民族衣装が、本当にひどい有様となっていたからだ。ワンピース状のウエストあたりから足元にかけて、べったりと濡《ぬ》れ、途中《はんちゅう》には固まったチーズが混じったトマトソースまで付着している。被害はお絞りなどで拭《ぬぐ》える範疇《はんちゅう》を遥《はる》かに超えていた。

「す、すみません！」

「怪我《けが》はないか？」

七海が焦った声を上げたと同時に、訊ねられる。

「お、お召し物が大変なことに……っ！　あ、あの、ぼく、すぐにお絞りを持ってきますから！」

「そんなことはどうでもいい。質問に答えろ。怪我はないのか？」

厳しい声音で詰問《きつもん》されたが、七海は焦りを覚えるだけだった。

今すぐ駆け出していきたいのに、手首をぎゅっと握られたままだ。

「あ、あの……手を放してください。お絞りを持ってこなくちゃ……すぐに拭《ふ》かないと、あなたの服が台なしに」

七海は泣きそうに唇を震わせた。

なのに男は少しも訴えを聞いてくれず、あろうことか、もう片方の手首までつかまれてしまう。

「やはり切っているぞ。血が出ている」

「え？」

ぐいっと手を持ち上げられて、七海は初めて自分の手に血が滲んでいることに気づいた。

でも、犯してしまった失態の大きさに、痛みを感じる余裕すらない。

「早く手当てをしたほうがいい」

「でも、あなたの……いえ、お、客様の服が……」

「俺の服など、どうでもいいと言っただろう」

男は腹立たしげに端整な顔を歪《ゆが》める。

そんな時になって、ようやくバンケットのスタッフが何人か、走り寄ってきた。

「殿下！　申し訳ございません！　うちの者がとんでもない失態を！」

「大変な粗相《そそう》をしでかしまして、誠に申し訳ございません！　とにかく、控え室のほうにいらしていただけませんでしょうか？　お召し物の汚れはすぐきれいにさせていただきます。ですが、少々お時間を頂戴《ちようだい》してしまうかと思いますので、できれば侍従の方に来ていただいて……」

チーフの高田を筆頭に、先輩スタッフが皆青い顔で平謝りに謝る。

そんな中で、七海は邪魔だとばかりに乱暴に肩を押しのけられた。さすがに王族の男の手も離れてしまう。

輪の外へ追い出された七海は、高田にじろりと睨《にら》まれた。

「倉橋、おまえは下がってろ。目障りだ。あとで処分を言い渡す」

「……はい……すみませんでした……」

七海が頭を下げている間に、王族の男は皆に囲まれてその場からいなくなった。

汚れた床は先輩のスタッフが来てさっと始末された。

パーティーの客は、会場の隅でこんな事件が起きたことも知らず、賑《にぎ》やかに楽しんでいる。

ひとりになった七海は、ため息をついて廊下を歩き出した。

よりにもよって、こんな大切なパーティーで失態を犯してしまった。これでもうバンケットでは使ってもらえなくなるかもしれない。報告は当然上に行くだろうから、七海は伯父たちの厳しい叱責も覚悟しなければならなかった。

けれども一番大きな後悔は、あの人に不快な思いをさせてしまったことだ。

楽しいはずのパーティーで服を汚されるなど、どれほど気分が悪かったことか。

しかも、あの人は主催者側の重要人物だ。ホスト役なのに、着替えのために会場を留守にするはめになって、取引上の損失を出してしまったかもしれない。

そう考えると、申し訳ない気持ちでいっぱいになる。

将来、ホテルの経営をするのが夢なのに、これではどうしようもないと、七海はため息をつくしかなかった。

†

スタッフ用のロッカールームに下がった七海は、汚れたシャツとスラックスを脱ぎ、Tシャツとデニムの私服に着替えた。

それからグラスの破片で切った右手の人差し指に傷テープを巻き、従業員用のトイレで軽くシャツを洗った。あとでランドリーへ持っていくにしても、あまりに汚れていては申し訳ない。

七海は作業を終えたあと、ロッカールームに戻って高田を待ち続けた。

しばらくして、同僚の三輪が青い顔で七海を呼びに来る。

「倉橋、おまえを呼んでこいって言われた。覚悟しといたほうがいいかもしれない。上じゃ大変な騒ぎになってるらしいからな」

チーフから睨まれているにもかかわらず、三輪は比較的公平に接してくれる男だ。

同情的な声に、七海はきゅっと唇を噛《か》みしめた。

「覚悟は……してます」

細い声を出すと、三輪はやれやれといったように首を振る。

「おまえ、ぶつかられただけなんだろ？」

「はい……後ろからちょっと押されて……」

「もしかしたら、誰かにわざとぶつかられたんじゃないのか？　ここだけの話だけど、チーフは故意におまえにつらく当たってる感じだしさ」

声を潜《ひそ》めるように言われたが、七海は否定するしかなかった。

「ぼくが不注意だっただけですから」

仮に背中を押されたのが故意だったとしても、頑張れば踏み止《とど》まれたはずだ。それに転んでしまった時だって、トレイさえ手から離さなければ、あんな惨状にはならなかった。

「そうか……ま、とにかく平謝りに謝れ。それしか手はない。俺も陰ながら応援してやる。処罰が軽くすむように祈っててやるから」

「はい、ありがとうございます」

七海は丁寧に礼を言って、三輪のあとに従った。

だが、廊下を進むうちに、新たな不安に襲われる。

連れていかれたのはバンケット部門の事務室などではなく、ホテルの経営統括部門が置かれたフロアだった。しかも三輪が足を止めたのは重役会議室のドアの前だ。

「倉橋。とにかく無事を祈ってるからな」

「は、い……」

七海が頷《うなず》いたと同時に、三輪が遠慮がちにドアをノックする。

ドアが開けられ、七海は深々と頭を下げた。

「連れてまいりました」

三輪はそう告げただけで、部屋から下がっていく。

七海はぎこちなく顔を上げ、思わず息をのんだ。

会議室には大きな楕円《だえん》形のテーブルが据えられ、まわりに黒革張りの椅子が並んでいた。そこに倉橋の重鎮と呼ばれる人々がずらりと雁首《がんくび》を揃えている。しかも、その中心にいるのは、鼻の下に白い髭《ひげ》を蓄えた財閥の総帥、大叔父の泰介《たいすけ》だった。

まさか、バンケットルームでの失敗が、ここまで大きな問題になっているとは思わなかった。

「七海、大変なことをしでかしてくれたな。おまえが粗相をした相手が誰だかわかっているのか？　あのお方はアリダード王国の皇子、ムスタファ殿下だ。おまえは一国の皇子に汚物をぶちまけるという、とんでもない真似《まね》をした」

最初に怒りのこもった声をかけてきたのは、次の重役候補筆頭だといわれている、倉橋一族きっての若手ホープ、俊介《しゅんすけ》だ。泰介の甥《おい》に当たる俊介は、今年で二十八。上質な三つ揃《ぞろ》いを一分の隙もなく着こなしている。身長はあるもののやや痩《や》せ形で、冷たく整った顔に黒縁眼鏡をかけているせいで、いかにも神経質そうに見えた。

七海は身の置き所がなく、深々と頭を下げるしかなかった。

「申し訳……ありませんでした」

蚊の鳴くような声で謝り、床に視線を落としたままでいると、チッと舌打ちされる。

俊介は日頃から完璧《かんぺき》主義者でとおっている。だからこそ、七海の失態が人一倍許せなかったのだろう。

「ここでおまえがいくら謝っても、問題は解決しない。おまえがＫＵＲＡＨＡＳＨＩにもたらした損害がどれほどのものになるか、知っているか？」

七海は頭を下げたままで、ゆるく首を左右に振った。

「我が社はアリダード王国への進出を計画中だ。アリダード王国では、海上に巨大なショッピングモールを建設するというプロジェクトが進められている。今日のレセプションは、その開発計画の発表を記念して行われたものだ。ショッピングモールの中央はホテルとなる予定だ。KURAHASHIはその候補に名を連ねている。アリダード王国では入札など行われない。どのホテルを参加させるかは、プロジェクトのトップが決定することになっている。その人物が、アリダードのムスタファ殿下だ」

俊介の冷ややかな説明に、七海はますます身の置き所がなくなった。

他の一族はひと言も口を挟まない。話はすべて、一番若い俊介に任せているといった感じだ。

「おまえはKURAHASHIが一番大切にしている客を相手に、失態を犯した。殿下はひどくご立腹だ。このままでは、KURAHASHIが見込んでいた向こう十年分の利益が消えてしまいかねない」

語られた内容に、七海は蒼白《そうはく》になった。

バンケット部門はクビになるかもしれないと覚悟はしていたが、問題はそんなレベルではすみそうもないほど大きかったのだ。

七海は声さえ出せず、小刻みに震えているしかなかった。

しばらく沈黙が続いたが、そのうち一番奥の席にゆったり座っていた大叔父がおもむろに口を開く。

「おまえの父親、真一《しんいち》は倉橋の面汚《つらよご》しだった。勝手に倉橋を出ていったあげく、莫大《ばくだい》な借金を残して死んだ。家出した者の息子など、倉橋で面倒を見る義務はない。だが、放っておくわけにもいくまいと、借金を肩代わりし、おまえを拾ってやった。ひとりきりになったおまえを不憫《ふびん》に思えばこその話だ。なのにおまえはその恩を仇《あだ》で返すのか?」

「そ、そんな……つもりでは……っ、ぼくは、感謝して……」

七海は思わず視線を上げ、懸命に訴えた。

だが、大叔父の目には冷たい光があるだけだ。

「感謝しているだと? ふん、おまえはあの不出来な真一にそっくりだ。あれは、倉橋の総帥となるべき立場だったのに、どれほど一族の者が諫《いさ》めても我《わ》が儘《まま》を押しとおした。決まっていた婚約を不履行にして、倉橋の名前に泥を塗っただけではない。婚約者の一族を怒らせたせいで、倉橋に多大な損失をもたらすことになったのだ。まったく、父親が父親なら、息子も息子か……親子揃って、どれだけ倉橋に迷惑をかければ気がすむ? 倉橋にいったいどれだけの損害を与える気だ?」

冷ややかな物言いに、七海は唇を噛みしめた。

自分のことはいくら悪く言われてもいい。実際に恩を返せないばかりか、迷惑をかけたのだから……。

でも、父のことは別だった。父は倉橋家を出ていっただけだ。運が悪く、確かに借金は残してしまったけれど、面汚しだと悪《あ》し様《ざま》に言われるのは悲しすぎる。

「なんだ、その不服そうな目は? そんなところも、真一にそっくりだな」

大叔父は、深い皺《しわ》を刻んだ顔を、いかにも不愉快だというように歪めた。

七海はたまらなくなって訴えた。

「ぼ、ぼくは……、どんな処罰でも受けます。ぼくにできることがあるなら、どんなことでもやります。でも、お願いです。父さんのことは……」

「はっ、どんな処罰でも受けるだと？　笑わせるな。おまえごときがどんなに足搔《あが》こうと、今回の不始末はどうなるものでもないわ」

大叔父は呆《あき》れたように、七海の訴えを遮る。

確かに今回の問題は、単にバイトの七海を処分すればいいというものではなかった。

泰介が口を閉じると、その場には重々しい沈黙が広がる。一族の重役たちは、誰も口を開こうとしなかった。

そんな中、取りなすように言葉を発したのは俊介だった。

「伯父上、お怒りはごもっともですが、七海も充分に反省している様子です。ここは、もう一度だけチャンスをやってみてはいかがでしょう？」

思わぬ取りなしに、七海は俊介に視線を移した。

エグゼクティブを絵に描いたような俊介の顔には、シニカルな笑みが広がっている。

「俊介、おまえに何か考えでもあるのか？」

「はい、ございます。すべて私にお任せください、伯父上。この七海を使い、ムスタファ殿下のお怒りが解けるように計らいますので」

泰介の問いに、俊介は自信ありげに答えた。

「俊介、おまえの手腕は信用しておる。全部任せよう」

「はい、伯父上のご期待に添えるよう力を尽くします」

俊介はそう言って、深々と腰を折る。

七海は口を出すチャンスもなく、黙ってなりゆきを見守っているしかなかった。

これで話は終わったとばかりに、泰介がゆったり席を立つ。出口に向かう大叔父のあとに、重役の肩書を持つ一族がぞろぞろと従った。

七海とふたりきりになり、俊介はおもむろに着席して足を組んだ。

「さて、おまえの役目だが……」

「はい……」

にやりと皮肉っぽい冷笑を浮かべた俊介に、七海は身を硬くした。

「先ほども言ったが、我がKURAHASHIの印象は、おまえのせいで地に落ちた。おまえにはムスタファ殿下のご機嫌を取ってもらおう」

「…………」

七海は、何を指示されるのかと、立ったままで黙って俊介の様子を窺った。

「殿下はお忙しい方だ。明日にはチェックアウトなさって帰国される。おまえに与えられたチャンスは一度きりだ。今夜、おまえは殿下の夜伽《よとぎ》を務めてこい」

「え？」

七海は聞き間違いではないかと首を傾《かし》げた。

「なんだ、意味がわからなかったか？　おまえは自分の失態をカバーするため、その身体を使って殿下のご機嫌取りをするんだ」

「そ、そんな……っ」

「幸いなことに、ムスタファ殿下は遊び心をよく知るお方だそうだ。それに、何故かおまえのことを気に入っておられるご様子だったとか……」

俊介の顔にますます皮肉な笑みが広がり、七海は呆然となるだけだった。

身体を使って謝罪せよ。

俊介はそう命じているのだ。

「でも俊介さん、待ってください。ぼくには無理です。そんなこと、できません！」

七海は必死に訴えた。

「無理だと？　おまえは、なんでもすると言ったばかりだぞ？　なのに、今さらできないとはどういうことだ？」

「だって、ぼくにはそんな経験がありません。やり方もわからないし、だいいち殿下だって、ぼくみたいな者を相手にしてくださらないでしょう」

「それはどうかな？　おまえは身体もごつくないし、顔もまあまあ見られるほうだ。それに、おまえは今日庭で、殿下とキスしていたそうじゃないか」

「えっ」

思わぬ指摘をされ、七海はどきりとなった。

自分ではまったく気づかなかったが、庭でのことを誰かに見られ、告げ口されたのだ。

「ムスタファ殿下は、従兄《いとこ》の皇子に日本人青年の恋人がいるのを、ずいぶんと羨《うらや》ましがっておられたとか……。おまえはその青年に雰囲気が似ているそうだ」

俊介はそう言いながら、ぐいっと七海の顎《あご》をつかんできた。そして品定めでもするかのように、上や横へと無理やり顔の向きを変えられる。

「やはり、顔立ち自体はそう悪くない。その野暮ったい格好をなんとかすれば、充分に務めは果たせるだろう」

「俊介さん、お願いです。ぼくは……」

七海は恐怖を堪《こら》えながら、懸命に頼み込んだ。

だが、俊介は七海を自由にしただけで、冷ややかに命じる。

「屋敷に戻っている時間はない。おまえは予備の客室のバスルームで身体の汚れを落とせ。その間に下のショップでスーツを見繕って届けさせる」

「待ってください、俊介さん。ぼくには無理です」

「無理でもやれ。いいか、七海。おまえには拒否権などない。自分が犯した過ちは自分自身で償え。さっき、おまえは父親を批難《ひなん》されて不服そうな顔をしていたな。今回の取引がうまくいけば、おまえの父親が残した借金、それとKURAHASHIに与えた莫大な損失も少しは穴埋めできる。おまえはやるしかないんだよ」

有無を言わせぬ命令に、七海は呆然と立ち尽くすだけだった。

2

ＫＵＲＡＨＡＳＨＩのプレジデンシャルスイートは高層階にあった。ロビーからは専用のエレベーターに乗らなければならない。ＶＩＰの宿泊に備え、警備も徹底されている。

七海は俊介から渡されたカードを警備員に何度も呈示しながら、スイートのあるフロアに到着した。

赤い絨毯《じゅうたん》が敷きつめられている廊下は、足音を完全に吸収する。

俊介が取り寄せたブランドもののスーツを着ているだけで、身体中が強《こわ》ばっていた。薄いグレーのスーツに細い格子柄の入ったシャツとワイン色のネクタイ。そんなきちんとした格好は初めてで、気分が落ち着かない。

それに、これからなさなければならないことを思うと、心臓の動悸が高まるばかりだ。

――アリダード王国のムスタファ皇子に身体を差し出せ。

それが俊介の命令だ。

理不尽な要求など、断固拒否してしまいたかった。それに、自分のように取り柄のない容姿で、皇子を誘惑するなど考えられない。

しかし元はと言えば、自分が犯した失態が原因だ。父が残した借金と、今まで育ててもらった恩……それらを考え合わせれば、無責任に逃げるわけにはいかなかった。

心細さと惨めさで、喉《のど》がからからだったが、そんな中でも七海がなんとか歩を進めていけたのは、あの皇子の面影に後押しされていたからだ。

庭で突然キスされてしまったけれど、ムスタファ皇子は暴君などではないはずだ。服を汚してしまった時も、七海の怪我を気遣ってくれたほどだ。

誠心誠意謝れば、もしかしたら許してもらえるかもしれない。そしてKURAHASHIを候補から外さないでほしいと、必死にお願いする。

とにかく今の自分にできるのは、それしかなかった。

スイートルームのドアの前に立った七海は、詰めていた息をふっと吐き出し、必死に平静を保ってブザーを押した。

ドアはすぐに開き、白の民族衣装を着た長身の男が顔を覗《のぞ》かせる。

「ナナミ・クラハシです」

英語でぎこちなく名乗ると、厳《いか》つい顔つきの男は、さっと身を退いて七海を中へと招き入れた。

「どうぞ、こちらへ。殿下がお待ちです」

用件を訊ねられもしなかったのは、俊介からある程度の話が伝わっているからだろうか。

七海はますます緊張の度合いを高めながら、室内へと足を踏み入れた。

KURAHASHIが誇る、最高級のプレジデンシャルスイートだ。広々としたリビングは品のある落ち着いた内装になっている。全体が薄いベージュで統一され、正面の窓に面したコーナーに革張りのソファセットが据えられていた。

そこにゆったりと腰を下ろしているのはアリダード王国のムスタファ皇子だ。

七海が汚してしまったものと同じデザインの、豪華な黒の民族衣装姿だった。室内でも黒の頭《ず》巾《きん》ゴトラを被《かぶ》り、精悍《せいかん》に整った顔にはかすかな笑みが浮かんでいる。

何かの打ち合わせ中だったのか、皇子の向かい側には、白い民族衣装を着た壮年の男たちが三人座っていた。

「おまえたちはもういい。下がれ」

皇子の命令で、三人の男たちはローテーブルに広げていた書類と端末を取り上げて席を立つ。

「さあ、早くこっちへ来なさい」

振り返った皇子に直接声をかけられて、七海はひときわ大きく心臓を高鳴らせた。

最初にどう言えばいいのかもわからない。

足が震えてどうしようもなかったけれど、分厚いカーペットを踏みしめながら、必死に皇子のそばまで歩を進めた。

「どうした？　そこに座ればいい」

皇子は気軽な調子で、隣を指さす。

並んで座るなど、許されることではない。でも、どう答えていいかわからず、七海はただ懸命

に首を左右に振るだけだった。

皇子は訝しげに青い目を細める。

「そんなところに立っていては、話もできないが？」

「あ、あの……、ぼ、ぼくは……」

七海は懸命に声を絞り出した。だが、皇子にじっと見つめられると、よけいに緊張が増す。

「どうした？」

「……いえ、あの……ぼくは……」

意味のない言葉をくり返していると、ふいに皇子が手を伸ばしてくる。

「さあ、ここに座れ」

「あっ」

いきなり手首を引かれた七海は、心ならずも皇子の隣に倒れ込んだ。

皇子は余裕で七海の肩に手をまわし、受け止めてくれる。しかし七海は羞恥《しゅうち》と惨めさで、頰を赤くするしかなかった。

「やはり、指を傷つけたようだな。他に怪我はなかったのか？」

皇子は七海の右手を捕らえ、人差し指に巻いたテープをしげしげと眺める。

「け、怪我はありません」

七海は辛うじてそう答えただけだ。

「それなら、よかった。さて、これでようやく話ができそうだが、用件はなんだ？」

「え……？」

「俺に何か話があって、わざわざこの部屋まで訪ねてきたんだろう？」

手は離してもらったものの、皇子と近距離にいるだけで心臓の音がさらに高鳴る。

完璧だけれどもラフな言い回しの英語だ。低く魅力的な声が鼓膜に届くと、それだけで息をするのも苦しくなるようだった。

「あ、あの……先ほどは……すみませんでした」

七海は懸命に言葉を紡いだ。

羞恥で頬が燃えるように熱い。皇子と目を合わせることなどできず、ひたすら視線を落としているしかなかった。

「それだけか？」

「え？」

改めて肩をぐいっと引き寄せられて、七海は否応なく皇子とまともに顔を合わせることになる。

鼻筋がすっととおった精悍な顔がごく間近にあって、さらに脈が速くなった。

青い瞳は、まるで澄みきった南方の海のようで、自然と視線をからめ捕られる。

「パーティーで俺にワインをぶちまけた件なら、大したことじゃない。おまえはわざわざ、そんなつまらんことを謝りに来たのか？」

「あ、でも、ぼくは……許されないことをして……」

「あれぐらいで許されないだと？　おいおい、俺はよほどの暴君と思われているらしいな」

「いえ、そんな……。でも、ぼくが不注意だったんです。だから、お願いです。どうか、お許しください」

七海は深々と頭を下げた。きちんと立ち上がって謝罪したいのに、皇子の手で肩をしっかり抱かれているので、それもできない。

「で？　許してほしいからと、そうやって頭を下げるだけか？」

ぽつりと放たれた言葉に、七海ははっとなった。

俊介から命じられたことを、まだ何も口にしていない。

今さら逃げるわけにはいかなかった。これには自分が犯した罪を償うだけじゃない。父の汚名を返上するという目的も含まれている。

七海は自分自身に必死に言い聞かせ、皇子へと目を向けた。

「殿下……ＫＵＲＡＨＡＳＨＩの新規事業への参加を、お認めください。ＫＵＲＡＨＡＳＨＩは百年以上の歴史を誇る名門ホテルです。必ず殿下のご期待に応えられるものと思います。ぼくの不注意から殿下がご気分を害されて、ＫＵＲＡＨＡＳＨＩの名前がリストから除外されてしまうかもしれないと聞きました」

「それで？」

ムスタファ皇子は何故か急に不機嫌そうな声になる。

七海はぶるりと震えそうになったが、懸命に恐怖を堪えて言葉を続けた。

「KURAHASHIの名前をリストに残していただけるなら、ぼくにできることはなんでもやらせてもらいます。ですから、どうか……お願いです。KURAHASHIを……っ」

「なんでもやる、だと？」

ムスタファ皇子が唸《うな》るような声を上げ、七海は思わず身を乗り出して答えた。

「……はい、なんでも……っ」

本当はもっと誠意ある言葉を連ねるべきだ。でも今の七海には、必死に皇子を見つめることしかできなかった。

だが、ムスタファ皇子の瞳には、冷たい光が射《さ》してしまう。

「おまえはクラハシの御曹司《おんぞうし》だそうだな？」

「ぼくが……御曹司？」

思いがけないことを言われ、七海は口ごもった。

「おまえのファミリーネームはクラハシだろう？　違うのか？」

「いえ、違いません。ぼくはナナミ・クラハシです」

「ふん、御曹司のおまえが、今は感心なことにホテルのバンケットで修業中か……」

「ぼくは……」

冷ややかに指摘され、七海は答えに詰まった。

事実だけを言葉にすれば、確かに皇子の言うとおりだ。しかし七海は倉橋家の厄介者。皇子が抱いている印象と真実との間には大きな隔たりがあると思う。

「まあいい。おまえに少しでも期待した俺が馬鹿だった」

皇子の声には、ひどく落胆したといった響きがあった。でも七海が問い返す暇もなく、再び皇子が口を開く。

「我が国で行われるホテル事業に参画を認めてもらうため、クラハシの御曹司は俺の言うことをなんでも聞く。そういうことか？」

「……はい……」

七海はためらいながらも、こくりと頷いた。

「ふん、クラハシが百年以上もこの国の第一線にあり続けたのは、裏でこういう取引を得意としていたからか。呆れたものだ」

「あ、あの……殿下……悪かったのはぼくです。だから、これは……」

「いいぞ、ナナミ。おまえは最初から俺の好みだった。その話、乗ってやろう。それで、おまえはどうやって、俺をその気にさせるんだ？」

皇子はふいに整った顔を近づけてくる。吐息が感じられるほどの近距離で、七海には視線をそらす余裕さえなかった。

「ぁ……んっ」

唇が合わさって、やけに甘ったるい喘ぎが漏れる。

だが次の瞬間、皇子の手が頭の後ろにまわり、キスが深いものになった。

「……ん、くっ……ふ……んぅ」

思わず息を継ぐと、その隙に舌がするりと滑り込み、淫《みだ》らに絡められてしまう。

皇子はしっかりと七海を抱き寄せ、身動《みじろ》ぐことさえできない。

ぬめった舌が口中余すところなく探りにきて、そのたびに甘い唾液が満ちた。

「んっ」

舌先が触れ合うと、びくりとなってしまう。

同時に、身体の奥でも痺《しび》れるような感覚が生まれた。その感覚はじわりと広がっていく。気づいた時には、身体中が熱くなっていた。

七海は抗《あらが》うこともできず、ぐったりと逞《たくま》しい皇子に縋《すが》りつくしかなかった。

そしてムスタファ皇子は散々貪《むさぼ》り尽くしてから、ようやく口づけをほどく。

「……は、ふ……ぅ……ふ……っ」

苦しくなった息を必死に継いでいる間も、皇子の青い双眸《そうぼう》から目が離せなかった。

甘いキスがもたらした熱で潤んでしまった目で、じっと見つめていると、皇子は口元を皮肉っぽく歪める。

「キスだけでそんな目をするとは、いかにも初《うぶ》っぽいな」

「あ……」

「さすがに高級娼婦《しょうふ》のような真似をするだけある。褒めてやろう、ナナミ」

ひどい言葉に、七海は涙をこぼしそうになった。

だが、言われたことを否定するだけの力はない。それに、俊介から命じられたのは、まさにその役目だ。

言い訳もできず、きゅっと唇を噛みしめると、皇子が不快そうに眉をひそめる。

「なんだ？　俺の言葉に傷ついたとでも言いたいのか？」

「い、いいえ、違います」

七海は懸命に首を左右に振った。

「おまえは俺に抱かれに来たのだろう？　さっき、おまえにトーブを汚されたあと、おまえの従兄か？　シュンスケが部屋まで謝りに来た。その時、彼はおまえの役目のことを仄《ほの》めかしていた。クラハシは、いつもこんな手段で事業を有効に進めているのか？」

「ぼくは……っ」

違う、と叫びたかった。

でも、こんな真似をするのは初めてだと言ったところで、どう違いがあるだろう。

自分のしていることがあまりにも恥ずかしく、七海は堪えきれずに涙を滲ませた。

　すると皇子はますます冷ややかな雰囲気になる。

「その泣き落としも、どうせ演技だろう？　庭で出会った時、俺は純真そうなおまえに、ひと目で惹きつけられた。我慢が利かずに無理やりキスしたのも、おまえの可愛らしさに魅《み》せられたからだ。しかし、あの出会いも、それからパーティーの時に俺の目の前で転んだのも、計算のうちだったのか？　俺はまんまとおまえの初な見かけに騙《だま》されたというわけだ」

「そんな……ひどい……っ。ぼくは……」

　我知らず反発すると、皇子に顎を捕らえられ、さらに強い眼差《まなざ》しで見据えられる。

「違うなら、そう言ってみろ。おまえはなんの計算もなく、ただ俺に会いたくてこの部屋を訪ねてきたのか？」

　鋭く問われ、七海はますます追いつめられた。

「に、庭でお会いしたのは偶然です！　パーティーでのことも、わざとじゃありません！　ぼくが不注意で転んだだけです……っ」

「それで？　この部屋に来たのも、クラハシとはなんの関係もないと？」

　馬鹿にしたように重ねられ、七海は返すべき言葉を失った。

　仕方なくまぶたを伏せると、皇子はわざとらしく嘆息する。

「いい。これ以上追及しても時間をロスするだけだ。おまえの計算高さを暴いたところで、興醒《きょうざ》めするだけだろう。幸いおまえの見かけにはそそられている。無駄な期待などせずに、さっさと欲望を処理するだけなら、おまえが相手でもいい」

「…………」

皇子にとことん蔑《さげす》まれ、また新たな涙がこぼれてきそうになる。

七海は俯《うつむ》いたままで、じっと胸の痛みを堪えた。

「さあ、立て。場所を変えるぞ」

皇子はいきなりソファから立ち上がり、七海の手を引いた。

勢いよく歩き出されると足がもつれる。

「ああっ」

ぐらりと倒れそうになった七海は、皇子の逞しい手でさっと抱き上げられた。

ムスタファ皇子は軽々と七海を横抱きにしたまま、広いリビングルームを横切っていく。

暴れることもできず身を縮めていた七海は、あっという間にベッドルームまで運ばれてしまったのだ。

プレジデンシャルスイートの巨大なベッドの上に、七海は乱暴に放り出された。

「あっ」

否応なく仰向《あおむ》けに倒れると、皇子がすぐベッドに乗り上げてくる。

頭のゴトラを取り去った皇子は、七海の両脇に手をついて、上からじっと見つめてきた。

ゆるくウエーブがかかり、肩先まで伸びた黒髪は、後ろでひとつに結ばれている。黒髪は、なめらかな額にもひと房かかり、それが息をのむほど魅力的に見えた。

青い瞳は深く澄んで、思わず吸い込まれてしまいそうになる。薄く開いた唇のラインが官能的で、いやでも甘く口づけられた時のことを思い出してしまう。

だが、皇子の口から出てきたのは、容赦のない言葉だった。

「さあ、おまえの正体はもうバレてるんだ。どういう手管で俺を楽しませる気だ？　出し惜しみせずに見せてみろ。おまえはどうやって俺を誘惑する？」

やわらかなカーブを描く唇が皮肉げに歪み、七海はますます胸が痛くなった。

アリダード王国の皇子は、恐ろしいほど魅力的な男性だ。今まで男性を好きになったことなど一度もないのに、皇子の魅力はまるで磁力のようで、いっぺんに惹きつけられてしまう。

この素晴らしい人とは、こんなふうに歪んだやり方ではなく、もっと自然に親交を深めたかった。でも、もうそれは叶《かな》わない望みだ。そして七海はこの状況から逃げることも許されない。

胸の奥から悲しみがひたひたと押し寄せてくる。

「さあ、返事はどうした？」

ムスタファ皇子の指が、思わせぶりに頰をなぞる。

七海はびくりとなりながらも、胸の痛みを必死に堪えて皇子を見上げた。

ここまで来たら、もう逃げようはない。こんな関係は間違っていると思うけれど、もうあとには退《ひ》けなかった。

この皇子には好意を抱いている。

だからこそ、自分の本当の姿は見せないほうがいいのかもしれない。皇子がそう思い込んでいるように、KURAHASHI専属の高級娼婦に徹すればいい。

そうすれば、自分の心がこれ以上傷つくこともないはずだから……。

決意を固めた七海は、淡い微笑を浮かべた。

「すみません、殿下。ぼく……こういうの、あまり慣れてないんです」

「慣れていないだと?」

嘲《あざけ》るように問い返されるが、七海は懸命に呼吸を整え平静を保った。

「はい、本当に慣れてないんです。ですから、殿下に喜んでもらえるかどうかわからないんですけど、それでも許していただけますか?」

「ふん、ずいぶんと殊勝になったものだな。いいぞ、おまえがそういう遊びを得意とするなら、乗ってやろうじゃないか」

ムスタファ皇子は、七海の言葉をあくまで遊びの範疇だと思っている。

でも、これで技術が伴わなくても、不審に思われずにすむだろう。

「よろしくお願いします」

七海は、この場に相応《ふさわ》しいのはどんな言葉かもわからず、そう言ってまぶたを伏せた。

「ナナミ……」

皇子がそっと顔を伏せてくる気配があって、そのあとすぐに唇が塞がれる。

三度目のキスは最初から深いものになった。

「んんっ……ふ、くっ……んぅ」

深く舌を挿《さ》し入れられて、思うさま貪られる。

甘い唾液が混じり合っただけで、七海は陶然《とうぜん》となった。熱い舌が絡められ、しっとり吸い上げられると、身体の芯まで疼《うず》いてくる。

「ナナミ……おまえは本当に可愛いな」

頭を引き寄せられたままで、掠《かす》れた声で耳に直接息を吹き込むように囁《ささや》かれる。

七海はたまらず身を震わせた。

「震えているのか？」

「い、いいえ……」

七海は泣きそうになりながら、首を左右に振った。

これは遊びだ。

そうわかっているのに、皇子から本当に優しくされているかのように感じてしまう。

ムスタファ皇子は極上の微笑を浮かべながら、そっと精悍な顔を下げてきた。

宥《なだ》めるように頬を撫でられ、それから優しく触れるだけの口づけを落とされる。

それだけのことで、七海の心臓はあり得ないほど動悸を速めた。それに、何故か身体中が熱くなってくる。

皇子は一度、すっと七海を抱き起こし、スーツの上着に手をかけてきた。

「これは邪魔だ」

言葉と同時に上着を脱がされ、さらにネクタイもゆるめられる。次には格子柄のシャツのボタンも外されて、胸を剝《む》き出しにされた。

「あ……」

皇子の指がするりと肌をなぞり、七海は思わず息をのむ。

「想像したとおり、きれいな肌だ。触り心地もいい」

皇子はそう囁きながら、七海の胸を撫でまわす。

その手が胸の突起にも触れ、七海は再び息をのんだ。

「んっ」

「感度もいいな」

皇子はくすりと忍び笑いを漏らし、胸に顔を近づけてくる。

いきなり乳首を口に含まれて、七海はとうとう高い声を放ってしまった。

「ああっ」

ねっとり濡れた感触だけでも、びくりと身体が震える。

硬くなった先端に、かりっと歯を立てられると、もうたまらなかった。恐ろしいほどの疼きに襲われ、身体中が熱くなってしまう。

皇子はもう一方の乳首も指で弄《いじ》りながら、ちゅっと吸い上げてくる。

「やっ、……ああっ」

初めて感じる疼きに、七海は熱い吐息をこぼしながら身悶《みもだ》えた。

乳首を弄られているだけなのに、下肢にまで変化が出てしまう。しかも皇子は、その変化を充分にわかっているようで、すっと手を伸ばしてきた。

「素直な反応だ。乳首をかまわれるのが好きらしいな」

張りつめた形を確かめるように、スラックスの上からそろりとなぞられる。

それと同時にまた乳首を吸われ、七海は大きく腰を震わせた。

身体の反応はもう隠しようがなかった。ほんの少し刺激されただけで、こんなふうに淫らな変化を示してしまう自分が信じられない。

「やっ……あ、くっ……ぅ」

甘い呻きが漏れるのが止められなかった。

皇子は剥き出しの乳首を吸い上げながら、スラックスを脱がせにかかる。器用にベルトを外され、そのあと皇子は中まで手を入れて、直接張りつめたものに触れてきた。

「やだ……っ」

今まで他人に触れられたことなどない。

なのに、やわらかく握られただけで恐ろしいほど感じてしまう。

七海の中心はさらに否応なく張りつめていくばかりだ。

「感じやすいな」

乳首から口を離した皇子は、にやりと笑いながら張りつめたものの先端に爪を立てる。

「やっ、違……っ、そんな……駄目……っ」

七海は両手で必死に皇子の動きを止めた。

けれど、そんな些細《ささい》な抵抗など、なんの足しにもならなかった。愛撫《あいぶ》から逃れようと腰をよじれば、さらに下肢が乱れていくだけだ。

「これは邪魔だ。脱がせるから腰を浮かせろ」

スラックスをつかんだ皇子に命じられ、七海は顔を真っ赤にしながら腰を浮かせた。

すると皇子は、下着ごとスラックスを足首まで下ろしてしまう。

いきなり下肢を剥き出しにされて、七海は息をのんだ。

反応した中心が止めようもなく、ゆらりと勃《た》ち上がってしまう。

七海の反応を目にした皇子は、にやりと口元をほころばせた。

「なかなかいい反応だ」

「ち、違……っ、これは……っ」

「これは、なんだ？」

からかい気味に問い返されて、七海は唇を噛みしめた。

もう言い訳などできる状態ではない。皇子はすべてを視界に収めているのだ。

少し触られただけで、こんなになってしまった淫らな自分がいやになるが、ムスタファ皇子は剝き出しのものを握りしめてくる。

「ああっ」

頭頂まで突き抜けるような快感に襲われ、七海は高い声を放った。

皇子は中心を根元からやわらかく擦《こす》り始める。

「やっ、あ、……ああっ」

他人の手でそこを触られるのは生まれて初めてだ。予測のつかない刺激に、七海は翻弄《ほんろう》されるだけだった。

「もう先が濡れ始めたぞ」

指摘されるまでもなく、皇子の手にあるものの先端から、じわりと蜜《みつ》が溢れてくるのがわかる。

これ以上ないほど恥ずかしい反応に、本気で逃げ出してしまいたくなった。

「あぁあっ、や、んっ」

七海は豪華なベッドの上で、ムスタファ皇子の思うがままに、淫らな声を上げ続けた。

息が苦しく、もう駄目だと思った頃、皇子はさらに大胆な行動に出る。

いきなり七海のものが口で咥《くわ》えられたのだ。

「やあ、あっ……！」

ひときわ強い快感に、七海は思わず腰を突き上げた。

すると、いっそう深く咥えられる結果になって、目尻に涙が滲む。

皇子はゴトラを取っただけで、まだトーブを着ているのに、自分だけがシャツを腕に絡めただけの淫らな格好で喘がされていた。

「ああ、あ……っ、く、ふっ」

羞恥のあまり死にそうな気分だった。なのに、根元からそっと吸引されると、今にも欲望を噴き上げてしまいそうになる。

「やっ、駄目……っ、もう……も、放して……っ、駄目、だから……っ」

七海は皇子の黒髪に指を絡めながら、必死に訴えた。

それで、ようやく皇子が口を離す。

「我慢せずに、達《い》けばいいものを……」

くすりとおかしげに笑われ、七海はたまらず涙を溢れさせた。

皇子はすっと指を伸ばし、頬にこぼれた涙を拭う。

理不尽な行為をされているのに、その優しい感触にほっとなった。

だが、それも束《つか》の間。次の瞬間には、皇子の手がそろりと後ろに滑っていく。

「あ……っ」

腰の裏まで達した手で探られたのは、恥ずかしい窄《すぼ》まりだった。

「先に達くのがいやなら、こちらだ。腰をもっと浮かせろ。力を入れずに足をもっと広げるんだ」

声は甘いけれど、傲慢《ごうまん》な命令だ。

拒否したかったが、皇子の手に誘導されると、まるで魔法をかけられたかのように従ってしまう。

皇子は窄まりを指で撫《な》でながら、そっと七海に耳打ちした。

「慣れていないというのは、どうやら本当らしいな。ここが固く閉じている。だが、絶対にいやだというわけでもないようだが……」

過敏になった耳に直接息をかけられ、びくんとなる。

その隙を狙《ねら》ったように、指が中まで挿し込まれた。

「あっ！」

七海がこぼしたもので濡れていた指は、意外にも簡単に奥まで入っていく。

狭い場所を無理やり開かれて痛みを感じた。それよりもっと我慢できないのは異物に侵入される違和感だった。

皇子は宥めるように七海の頬を撫で、ゆっくり中に入れた指を動かし始めた。

「く、うう」

最初はぎちぎちだった場所が、何故か指を動かされるたびにやわらかくなっていく。

中に入れられた指が、特別敏感な場所に触れると、いっぺんに噴き上げてしまいそうなほど感じた。

「ああ……っ、や、あ……っ」

皇子は七海の反応を見ながら、中を執拗《しつよう》に掻きまわす。

その愛撫は、七海がもう許してほしいと思うまで続けられた。

最後には三本の指をのみ込み、中がとろとろに蕩《とろ》かされる。

そこまでして皇子はようやく指を引き抜いた。

「これで大丈夫そうだな」

皇子はそそり勃ったままの七海を上から見つめながら、掠れた声を出す。

潤んだ目でじっと見上げていると、皇子は、さっと自らの下肢を乱した。

トーブはまだ着たままだ。皇子は熱く滾《たぎ》ったものだけを手に、再び七海の腰にも手を伸ばしてきた。

「あ……っ」

腰を撫でられ、そのあとそっと抱え上げられる。

足をさらに大きく開かされ、その間に身体を進められた。

「ナナミ……これで、おまえは俺のものだ」

「や……っ」

囁きに首を振った瞬間、蕩けた場所に熱いものが擦りつけられる。

あまりの熱さと硬さに恐怖を感じ、七海は必死に首を振った。

だが皇子はそのままぐっと腰を進めてくる。

「さあ、楽にして全部受け入れろ」

「やあ、……っ、……うく……ぅ」

ゆっくりと、でも容赦なく芯まで貫かれた。

熱く滾った巨大なものを最奥《さいおう》まで串刺《くしざ》される。

七海は涙をこぼしたが、皇子の動きは止まらなかった。

3

翌朝のこと。

七海は豪華なベッドで目を覚ました。

昨夜ムスタファ皇子に執拗に愛されたお陰で、すぐに動けないほどの疲労が溜まっていた。おまけに身体には鈍い痛みと疼くような違和感が残っている。

皇子はすでにベッドから出ていたけれど、七海は羞恥で赤くなった。

おかしななりゆきでこんなことになってしまった。まさか自分が男に愛されるとは思ってもみなかった。しかも、無理やり抱かれたわけではなく、あくまで合意の上でのこと。そして七海は、皇子の手で、天にも昇るような快感まで引き出されてしまったのだ。

でも、これでもう自分の役目は終わった。

七海は恥ずかしい記憶を脳裏から追い払い、勢いよくベッドの上で半身を起こした。

急な動きであらぬ場所がずきりと痛みを訴えたが、ＶＩＰ用のスイートでこれ以上愚図愚図《ぐずぐず》しているわけにはいかない。

とにかく一分でも早く部屋を出て、この先のことを色々と考えたかった。

幸いなことに、七海は全裸ではなくシルクのガウンを着せられていた。自分の服はどこにあるのかと、七海はベッドのまわりを見まわした。

その時、ふいにリビングとの境のドアが開き、ムスタファ皇子が顔を覗かせる。

「あ……っ」

七海は反射的に自分の身体を抱きしめた。いっぺんに頬が赤くなり、目を見開いて、昨夜自分を抱いた男を見つめる。

皇子はシャツにスラックスというラフな格好だった。スリッパさえ履かず、素足のまま。シャツも裾《すそ》を出して、ボタンはひとつも留めていなかった。陽に焼けた素肌が覗き、首に金のペンダントをつけている。

そして驚いたことに、皇子は両手で銀の大きなトレイを持っていた。

「目が覚めたのか？　ちょうどよかった。どちらが好きかわからなかったから、カフェオレと紅茶、両方用意させた。そこで朝食を取るなら、すぐに持ってこさせるが」

皇子は気軽に言って、ベッド脇の小テーブルに銀のトレイを置く。

七海は完全に逃げ出すタイミングを逸し、皇子のやることを眺めているだけになった。

一国の皇子なのに、ムスタファにはまるで気取りがない。コーヒーと紅茶、両方のポットを持って、七海の答えを待っている。

「さあ、どっちにする？」

再度訊ねられ、七海はようやく我に返った。

「あっ、す、すみません。ぼ、ぼく、……寝ちゃってて……す、すぐに失礼しますから……っ」

慌てて言い訳をしながら、ベッドから這《は》い出す。

しかし、皇子の機嫌はいっぺんに悪くなってしまった。

「ナナミ、失礼しますとはどういうことだ？　今になって逃げ出す気か？」

「えっ、でも……」

「昨夜はあんなに気持ちよさそうにしていたくせに、目が覚めたと同時にその態度とは、興醒めだな。少しは余韻というものを楽しめないのか？」

「ぼくは……」

眉をひそめた皇子に、七海は唇を噛みしめた。

「さあ、ちゃんとベッドに座れ。カフェオレか紅茶、どっちだ？」

「……紅茶を……」

七海は蚊の鳴くような声で答えた。

すると皇子はいくぶん表情をやわらげ、さらに訊ねてくる。

「ミルクを入れるか？　それともレモンか？　砂糖は？」

「ミ、ミルクだけ、お願い……します」

「ミルクティーだな？」

確認した皇子は、慣れた手つきでポットから紅茶を注《そそ》ぐ。温めたミルクも注がれ、白地に花模様のティーカップを手渡された。

「……ありがとう、ございます」

辛うじて礼を言うと、皇子は満足げな笑みを浮かべ、そばの椅子を引き寄せて腰を下ろす。そして自分でも同じミルクティーをカップに注《つ》いだ。

七海もため息をついて、熱いミルクティーを口にする。

顔を合わせるだけでも、昨夜のことを思い出して恥ずかしい。なのに皇子にじっと見つめられているのを感じると、ますます頬に血が上ってくる。

「身体は？　なんともないか？」

「だ、大丈夫です」

「おまえがあまりにも可愛い顔をするせいで、歯止めが利かずにやりすぎた。身体がだるいなら、もうしばらく、ベッドで休んでいたほうがいい」

昨夜の痴態を仄めかされて、七海は身の置き所がなかった。

一刻も早くこの部屋から出ていきたいのに、タイミングがつかめない。皇子が上機嫌なのはいいことだが、それでもここにずうずうしく居座り続ける理由にはならなかった。

七海はミルクティーをなんとか飲み干し、皇子に目を向けた。

「あの、ごちそうさまでした。ぼく、そろそろ失礼します。え、と、その……ぼくが着ていた服、どこにあるかご存じですか？」

顔が真っ赤になるが、懸命に訊ねる。

けれども皇子は軽く肩をすくめただけだ。

「さあな。俺は知らん。あとで侍従に訊《き》け。だが、そう急ぐ必要はないだろう」

「でも、ぼくはもう失礼しないと……」

「駄目だ。そういうわけにはいかんぞ」

「え？」

七海はきょとんと皇子を見つめた。

皇子は空になったティーカップを七海から取り上げ、自分の分と一緒にトレイに戻す。それから、改めて七海の両手を握ってきた。

「おまえを貰い受けることにした。シュンスケには交渉ずみだ」

「？」

何を言われたのか本当にわからず、七海は首を傾げた。

皇子は蕩けるような笑みを浮かべ、青い目でじっと見つめてくる。

「ナナミ、おまえを俺のそばに置くことにした。今日、アリダードに帰国するが、おまえも連れていく」

「ぼくをアリダードへ？」

七海は呆然と問い返した。

「ああ、そうだ。これはシュンスケも承知のこと。おまえにも異存はないだろうという話だった」

「そんな……」

あまりの話に、七海は目を見開いた。

だが皇子は蕩けるような笑みを浮かべながら、端整な顔を近づけてくる。

「昨夜言っただろう。おまえはもう俺のものだ。そばに置いて、夜な夜な可愛がってやる」

恐ろしい言葉とともに、そっと頰に口づけられる。

七海には言い返すことさえできなかった。

†

青天の霹靂《へきれき》とは、まさしく今のような状況のことを言うのだろう。

——アリダード王国へ連れていく。

皇子の宣言はあまりにも突然で、七海はプレジデンシャルスイートから退出しても、頭が真っ白なままで何も考えられない状態だった。

時刻はすでに昼近くになっている。大学の講義が入っていたけれど、今からでは間に合わない。

たとえ間に合ったとしても、講義の内容はまったく頭に入らないだろう。

とにかく俊介も承知しているとの言葉を確かめるのが先だと思い、ホテルのスタッフに所在を訊ねる。そうして七海はすぐに俊介のオフィスへと向かった。

「失礼します」

内線で事前にアポを取っていたので、そう声をかけてから入室する。

重役候補である俊介のオフィスは広々とした部屋で、窓からの採光も行き届いていた。

俊介は昨日とは違う色合いのすっきりとしたスーツ姿。窓際に置かれたデスクで鷹揚《おうよう》に構えている。そして昨夜と同じ服装の七海に、嘲るような笑みを見せた。

「アリダード行きの件を確認に来たのか?」

「はい、そうです。いったいどういうことなのですか?」

七海が硬い声で訊ねると、俊介は顎をしゃくって近くまで来るように命じる。

「ムスタファ殿下は、おまえの身体にいたく満足のご様子だった」

直接的な言葉を浴びせられ、七海はさっと頬に血を上らせた。

馬鹿にされた惨《みじ》めさと、それを上まわる羞恥で思わず唇を噛みしめると、俊介はどうでもいいといったように肩をすくめる。

「殿下はしばらくおまえの身体を楽しみたいとのことだ」

「そんな……っ」

「今日の夕方、アリダード王国へ発《た》たれる時、おまえも一緒に連れていくとおっしゃった」

「ま、待ってください! そんな急に外国に行けなんて言われても困ります!」

「困る、だと？　この際、おまえの気持ちなど関係ない。これはＫＵＲＡＨＡＳＨＩからの命令だ。おまえも倉橋家の一員なら、上の命には従え」

七海の抗議にも、俊介は冷ややかな言葉を返すだけだ。

「でも、ぼくには大学の講義もあります。それに、急にシフトに穴をあけることになったら、他のスタッフにも迷惑をかけることになります」

七海は必死に訴えた。

けれども俊介は、ふんと鼻を鳴らしただけで、取り合おうともしない。

「シフトなどどうでもいい。おまえの代わりならいくらでもいる。大学は休め。旅支度もいらん。必要なものは殿下がすべてアリダードで揃えてくださるそうだ。おまえは身ひとつで殿下に従えばいいんだ。パスポートのことを心配しているなら、屋敷から持ってきてやった。これだ」

俊介は抽斗《ひきだし》からパスポートを取り出し、デスクの上に投げる。

あまりの用意のよさに、七海は呻くように口にした。

「ぼくの部屋から……？」

断りもなく自分の部屋に入ったのか。

本当はそう問い質《ただ》したかったが、寸前でその言葉をのみ込む。

倉橋の屋敷には俊介も一緒に住んでいる。そして倉橋の厄介者である七海には、プライバシーを守りたいと主張する権利もないのだ。

「とにかく、これは決定事項だ。おまえはムスタファ殿下が飽きるまで奉仕を続けろ」

「……そんな……っ、あんまりだ……」

「もともと自分で蒔《ま》いた種だろう。おまえも倉橋家の一員として認められたければ、せいぜい殿下のご機嫌を取るように努力しろ。そうそう、おまえは確か、父親の不名誉も回復させたいんだったな。ま、せいぜい頑張って、KURAHASHIに貢献するんだな」

冷たく命じられ、七海は蒼白になった。

身体を使って謝罪しろとの命令には仕方なく従った。けれど、今度はまるで奴隷として奉仕しろと言われているようだ。

アリダード王国での新規事業に参加できるかどうか、鍵を握る人物がムスタファ皇子であることは間違いないのだろう。でも、こんなやり方で事業への参画が左右されるとは思えない。

「俊介さん、お願いです。もう一度考え直していただけませんか？　ぼくがアリダード王国に行ったとしても、きっと何もできないと思います。ですから、殿下にもそう言ってください」

七海はなんとか事態を変えようと、懸命に訴えた。

だが、俊介は眼鏡の奥の目を冷たく細めただけだ。

「おまえは黙って命令に従えばいいんだ。逆らうことは許さん。おまえは昨夜使った予備ルームで待機してろ。逃げ出すことは許さんからな」

「……」

冷え冷えとした声を出され、七海はそれ以上言葉もなかった。

KURAHASHIの予備ルームは、必要に応じて従業員も使えるようになっている客室だ。昨夜着替えた時から誰も入室していないようで、七海のトートバッグと私服がそのまま置いてあった。

†

これからどうすればいいのだろうか。

どうすればこの難局を乗り切れるのだろう。

いくら考えても、答えは見つからない。

七海はため息をつき、トートバッグを探って携帯端末を取り出した。

SNSに新開からの履歴が残っている。

――今日の講義、休み？　体調でも悪くしたのか？　もしそうなら、あとで見舞いに行ってやるよ。とにかくゆっくり身体を休めとけ。

心配性な新開らしい文面に、七海はほっと息をついた。

詳しい説明はできないけれど、しばらく大学を休むことは伝えておかなければならない。

七海は簡単な文を送った。

それが終われば、他には特にすることもない。

七海はため息をつきながら、メイクされたままのベッドに腰を下ろした。

無意識にベッドカバーを撫でていると、何故かムスタファ皇子の顔を思い出してしまう。

昨夜体験させられたことは、七海にとって本当に衝撃的だった。

KURAHASHIのために娼婦のような真似をさせられたわけだが、皇子は強引なところはあったものの、最後まで優しかった。身体の芯まで快楽を植えつけられて、どうなってしまうのかと恐ろしかったが、それでも皇子本人を怖いとは思わなかった。

身体の奥には皇子に貫かれた時の感触が、まざまざと残っている。今でも、あらぬ場所がじくじくと疼いている気がした。

アリダード王国に連れていかれ、またあんなふうに抱かれたら、今度こそ本当におかしくなってしまうかもしれない。

七海はぶるりと震え、自分の腕で自分自身を抱きしめた。

だけど、ここでうじうじと泣き寝入りをしていていいのだろうか？

いくら自分が蒔いた種とはいえ、ここまで理不尽な命令をされるほどの失態ではないと思う。

それに父が残した借金の件だって、今すぐにではなく、これから地道に返していけばいいのではないだろうか？

七海は再びトートバッグに手を伸ばし、手帳に挟んでおいた二枚の家族写真を取り出した。

一枚目は小さな湖の畔《ほとり》に建つ、可愛らしいホテルの写真だ。火山の爆発でできたという湖は、季節ごとに様々な顔を見せる。写真は初夏に対岸から撮ったもので、湖面には真っ青な空と、父が愛してやまなかったホテルの全景が写り込んでいた。

もう一枚はホテルの庭で撮った家族写真だ。母は白百合《しらゆり》をこよなく愛しており、ホテルの庭にはその百合がたくさん植えられていた。花に囲まれ、両親と一緒に写真を撮った時、あたりに甘い匂いが漂っていたのを、今でもよく覚えている。

父も母も若々しく、十歳の自分もくったくなく笑っていた。湖岸のホテルと白百合の庭は、幸せだった頃の象徴だ。

今はそのホテルも人手に渡っているけれど、いつかは取り戻したい。

七海はその夢に向かって努力を重ねていた。

いつ実現できるかわからないけれど、それでも最初から諦《あきら》めてしまうのだけはいやだ。

七海はほうっと深く息をついて、写真から視線を外した。

考えてみれば、ムスタファ皇子とは、まだきちんと話してもいない。いきなりアリダード王国に連れていくと言われたせいで驚いてしまい、口を挟む余裕さえなかったのだ。

もう一度ちゃんと話せば、わかってもらえるかもしれない。

自分はまだ学生で、遊びの相手はできない。

昨夜は仕方なく特別な接待役を務めることになってしまったけれど、やはりあれは間違いだったと、はっきり伝えるべきだ。

もう一度ムスタファ皇子に会おう。そして、アリダードには行けないと断りを入れる。俊介にはそのあと話をすればいい。

そう決意を固めた七海は、さっとベッドから立ち上がった。

そして真っ直《す》ぐにプレジデンシャルスイートへと向かうべく、予備ルームを出る。

ごたごたしたせいで、セキュリティー用のカードを返し損ねていた。警備員にそのカードを呈示しつつ、七海は昨日と同じようにVIP用のフロアへ向かった。

しかし、呼び鈴に答えた民族衣装の男に、あっさりと皇子の不在を告げられる。

「あの、殿下はどちらへ行かれたのでしょうか？　どうしても、直接申し上げたいことがあるんですけど……」

七海は懸命に食い下がった。普段なら、こんな大胆な真似はできない。

幸か不幸か、七海が皇子と一緒に夜を過ごしたことは知られていたらしく、侍従は怪しむこともなく、予定を明かしてくれる。

「殿下は大使館で打ち合わせをされております。その後、視察をされる場所が二箇所。四時頃に一度ホテルに戻られたあと、羽田《はねだ》に向かわれるご予定です。お話ができるとすれば、ホテルで着替えをされる間ということになりますが……」

「そう、ですか」

勢い込んでいた七海は、思わずため息をついてしまった。

仮にも一国の皇子だ。過密なスケジュールをこなしているのは当たり前の話だった。

「こちらでお待ちになりますか？」

がっかりした様子をした七海に、侍従は気遣うように訊ねてくる。

けれども七海は首を左右に振った。

「いいえ、大丈夫です。殿下のお帰りはフロントでもわかると思いますので……」

そうして七海はなんの成果も得られないまま、スイートから去ることになったのだ。

†

皇子が帰ってくるまで、まだ時間がある。

このまま屋敷へ帰ってしまおうか。それとも、何事もなかったように大学へ行くか……。

七海はそんな誘惑に駆られたが、やはり無責任なことはできない。時間的にも中途半端だったので、結局はバンケットスタッフのロッカールームへと向かった。

本来なら今日のシフトは夕方からだ。突然抜けることになり、支障が出ているかもしれない。

「あの、すみません」

そっと声をかけながらロッカールームを覗くと、ちょうどチーフの高田がいた。

「あ……」

驚いたように声を発した高田は、そのあと思いきり顔をしかめる。

「すみません、チーフ。今日のシフト、抜けることになってしまいました。突然で申し訳ありません」

七海は丁寧に頭を下げた。

「いや、倉橋君が謝ることはない。君のことは上から聞いたよ。アリダード王国へ派遣になるそうだね。シフトのことなら気にする必要はない。なんの支障もないからと、俊介様にそうお伝えしておいてくれ」

七海は驚きで目を瞠《みは》った。

絶対に嫌味を言われるものと覚悟していたのに、高田は何故か、七海に諂《へつら》っているかのように如才ない態度だ。無理やり頬の筋肉をゆるめたという感じで微笑まれ、七海は心底面食らった。

「あの、本当に申し訳ありません」

「いいよ、いいよ、そんなこと。出発、急に決まったんだろ？　倉橋家の御曹司ともなると、やはり大変だね。一介のバイトとして汗水垂らして働くとは、いい心がけだ。私もその点を考慮して、今まで君には人一倍厳しくしてきたつもりだ。いや、君は本当によく頑張ってくれたよ」

高田の浮ついた褒め言葉に、七海は内心でため息をついた。

おそらく俊介から話を聞いて、自分への態度を改めることにしたのだろう。

海外に派遣されるとなれば、もしかすると帰国後には重要なポストに就くかもしれない。七海はもともと倉橋一族だ。もし出世コースに乗るなら、今までのように無視するわけにはいかない。

おそらくそういうふうに計算が働いたのだろう。

いずれにしても、挨拶《あいさつ》がすめば、ここに長居する必要もない。

「あの、それではよろしくお願いします」

七海はもう一度頭を下げて、ロッカールームから出ていくことにした。

「倉橋君。君の荷物を揃える件、あとで三輪にやらせるから。何かリクエストがあるなら、今のうちに言ってくれたまえ。三輪に対処させる」

後ろからそう声をかけられて、七海は振り返った。

「ぼくの荷物って……？」

「俊介様からの特別なオーダーだ。当座の着替えとスーツケース。他にも君が必要になりそうなものはすべて揃えさせる。だから何も心配しなくていいよ」

上機嫌な高田に、七海は再びため息をつきそうになった。

俊介が手回しよく、七海の旅支度を調《ととの》えるように命じたのだろう。

そんなものは必要ない。高田にそう訴えたところで無駄なだけだ。

俊介の手で、着々と外堀を埋められているようで、七海の胸はますます重くなった。

†

七海がスーツケースを引いた三輪と会ったのは、一時間ほどしてからだった。

そろそろムスタファ皇子が帰ってくるかもしれないと思い、ロビーに向かった時のことだ。

KURAHASHIの一階アーケードには、有名ブランドのショップが数多く軒を連ねている。スーツや礼服をはじめとして、パーティードレスやカジュアルな服、下着や小物類、靴、バッグ、スーツケース、それからPC関係製品やデジタルカメラ、そしてドラッグストアでは、旅先で必要となる細々した雑貨や薬など、ひととおりのものを揃えることが可能だった。

「倉橋！　いいところで会った。ちょうどリストにあったものを全部スーツケースに詰めてもらったところだよ」

三輪は七海の姿を見つけ、嬉しげに手を上げる。

すでにバンケットの制服である白シャツと白の蝶ネクタイ、それに黒のスラックスという格好で、シャンパン色の大型スーツケースを引いていた。

「三輪さん」

「これ、どうする？　ひととおり揃えたよ。サイズとかも大丈夫だとは思うけど、自分で一回中身をチェックしたほうがいいか？　それともこのままクロークに預けとく？」

七海の急な外国行きに、三輪はなんの疑問も覚えていない様子で、気軽に訊ねてくる。

「三輪さん、ぼくのためにわざわざ買い物してくださったんですか？　大変だったでしょう？　すみません」

「大変だなんて、とんでもない。すごく気持ちよかったぜ？　なにせ、普段はウィンドウの外から眺めているしかない高級ブランドで、値札も見ずにどんどん好きなものを選べるんだ。とにかく一生分の贅沢《ぜいたく》をさせてもらったって感じ？　庶民の俺にはたまらなく魅力的な仕事だったよ」

三輪は興奮気味に、ひらひらと手を振る。

七海は気が重かったが、ここで三輪に経緯を説明しても仕方がないし、かえって心配させるだけだろう。

「シフトの件でも迷惑をおかけしたと思いますけど」

「いいって、そんなの。だけど、急にアリダード行きが決まるなんて、正直驚いたよ。これが俗に言う、禍《わざわい》転じて福と為《な》す、ってやつ？　殿下のところに謝罪に行って、逆にすごく気に入られてしまうとは、さすがだよ」

三輪の言葉に七海は羞恥のあまり、思わず頬を赤くした。

おそらく俊介がそういうストーリーをバンケットのチーフに吹き込んだのだ。

気のいい三輪は裏の事情をまったく知らず、まるで自分の身に幸運なことが起きたかのように、単純に喜んでいる。

本当のことを知ったとしたら、確実に嫌われてしまうだろうけれど……。

ともあれムスタファ皇子をつかまえて話をするのが先だ。

七海はいったんクロークに預けるからと、三輪からスーツケースを受け取った。

その時、廊下の向こうから長身の男が駆け寄ってくるのが目に入る。

「倉橋！」

驚いたことに、全速力でこちらへ向かってきたのは新開だった。

「新開？」

「おい、いったいどういうことだよ？　昨日の今日で急に外国に行くとか、マジかよ？　しかもメール一本よこしただけでさ。おまえ、何やってんだ？」

新開はすごい勢いで詰め寄ってくる。

「ちょ、ちょっと待って、新開」

ぐいっとスーツの襟を締め上げられて、七海は情けない声を出した。

新開は完全に怒っており、眉間《みけん》に青筋を立てている。綿のパンツにデザインシャツを羽織り、背中にリュックというラフな格好だったが、細身の七海は圧倒されるだけで何もできなかった。

「ちょっと、君。乱暴なことをするなよ」

慌てたように割って入ってきたのは三輪だった。

新開に比べれば首ひとつぶん身長が低いが、迫力に負けじと新開の腕をつかむ。

「なんだよ？　もしかして、倉橋にいつも無理難題押しつけてるのは、あんたか？」

邪魔をされた新開はむっとしたように三輪を睨む。

「なんだじゃないよ。君こそ、倉橋君になんてことするんだ？　だいいち、ここはホテルのロビーだぞ。騒ぎを起こすような真似は慎んでくれ」

「ふん、あんたがブラックの筆頭ってわけか？」

「なんだと？」

「ちょっと待って！　ふたりとも落ち着いて」

七海は慌てて険悪なふたりを宥めにかかった。

けれども、興奮気味の新開と、その新開を完全に悪者と決めつけた三輪は、七海の仲裁を無視してさらに言い合いを始める。

「君はなんだ？　倉橋君の友人か？」

「ああ、俺は大学の友だちだ」

「だったら、彼の恥になるようなことをするな」

「なんだと？　倉橋はまだ学生だぞ。なのに、いきなり外国まで行かせるとか、これがブラックじゃなくてなんだって言うんだ？」

「ブラック、ブラックって、失礼なことを言わないでもらいたい。うちは名門ホテルだ。それに倉橋君はオーナー一族。君こそ、彼にいちゃもんをつけるような真似はよしてもらおう」

「倉橋、こいつはもっともらしいことを言ってるが、外国行きなんか断れよ。おまえ、これ以上

ＫＵＲＡＨＡＳＨＩにこき使われたら、ほんとに身体悪くするぞ。さあ、もうこんなとこでバイトするのはやめとけ。俺がしばらく面倒見てやるから一緒に来い」

新開がそう言って、七海の右腕をぐいっとつかむ。

「アリダード行きは倉橋君にとっていいチャンスなんだ。それなのに、邪魔をするとは許せん。これ以上文句を言うなら警備員を呼ぶぞ。さあ、倉橋君、ぼくのほうに」

三輪は新開に対抗して、七海の左腕を取った。

七海はふたりから、それぞれ別の方向に引っ張られることになる。

ふたりとも自分のためを思ってくれるがための諍《いさか》いだ。早く誤解を解かないと、七海が心底焦りを覚えた時だった。

「こんな場所でみっともない。恋人ふたりと三角関係のシュラバか？」

背後からふいに冷え冷えと英語で話しかけられて、七海ははっとなった。

振り返ると、そこに立っていたのはムスタファ皇子だ。

「……殿下……」

皇子は黒のトーブ姿だった。しかし普通のトーブとは違って、襟や袖口《そでぐち》、ベルトには豪華な金糸の刺繍《ししゅう》、ゴトラを留めるイガールも金色で、凝った細工が施されている。

冷たい青の視線が突き刺さり、七海は思わず背筋を震わせた。

皇子が醸し出す威厳は圧倒的で、堂々とした長身は、スポーツ選手の新開を軽く上まわる。小柄な三輪に至っては、ぽかんと口を開けて皇子を見上げているだけだ。

ふたりとも、無意識に七海から手を放し、そして、その隙を衝くように、皇子が長い腕を差し伸べてきた。

「ナナミ、こっちに来なさい」

「は、い……」

七海はぎこちなく皇子に近づいた。強制されたわけでもないのに、まるで操り人形になってしまったように身体が動いてしまう。

間近まで進んだ七海は、ごく自然に皇子の腕の中に収まった。

「もう出発の時間だ。表で車が待っている」

皇子は甘い声で囁きながら、七海の腰を抱き寄せる。

「……っ」

上からじっと見つめられただけで、心臓が激しく高鳴り出した。そして皇子に抱かれただけで、身体中がかっと疼くように熱くなった。

「それは、ナナミの荷物か?」

「は、はい！　……殿下……」

問われた三輪は、びくんと硬直する。

皇子はそのあと三輪から新開へと視線を移した。

「君はナナミの友人らしいな。悪いが、見送りならここまでにしてもらおう」

「お、俺は……」

さすがの新開も、それきり黙り込む。

七海に至っては、色々訴えようと思っていた言葉をひと言も口にすることなく、皇子のエスコートに従わされただけだった。

ホテルのメインエントランスには、アリダード王国の紋章が入った黒塗りのリムジンが三台、横づけされていた。回転ドアの両脇には、VIPの見送りのため、KURAHASHIの重役たち、つまり、倉橋家の一族がずらりと顔を揃えている。

その列の中から俊介が一歩前へと進み、深々と腰を折る。

「ムスタファ殿下。ご滞在、誠にありがとうございました。またのお越しを心よりお待ち申し上げております」

七海は皇子に腰を支えられながら、縋るように俊介を見やった。

だが、俊介は下を向いたままで、皇子が行き過ぎるのを待っている。

新開と三輪はすでに姿が確認できないほど後方に下がっていた。

結局七海は、誰にも助けを求められないまま、皇子と一緒にリムジンに乗り込むこととなってしまったのだ。

4

リムジンが向かったのは羽田空港だった。

高速では夕方の渋滞が始まっており、いかにアリダード王国の国旗をつけた車といえども、飛ぶようには進まない。

そして七海はその車の後部座席で、不機嫌なオーラに包まれたムスタファ皇子と対していた。

後部座席には手回しよく、七海が予備ルームに残してきたトートバッグが置いてあった。瀟洒《しょうしゃ》な車に帆布のトートはまるで似合わない。細かなところまで気の利く俊介も、さすがに新しいバッグまでは用意する暇がなかったのだろう。

七海がなんとか皇子と話ができたのは、リムジンが走り出したあとだった。

「殿下、すみません。お話があります」

「なんだ?」

「ぼく……アリダードにはご一緒できません」

七海は臆《おく》してしまいそうになるのを必死に堪えて口にした。

皇子はしばらく黙ったままだった。

だが横から痛いほど見つめられているのを感じる。まともに顔を合わせるのが怖くて、七海は俯いたままで両手を握りしめた。

沈黙が続き、緊張に耐えられなくなる頃、皇子の嘆息が聞こえる。

「今になってどういうつもりだ？　まさかとは思うが、さっきロビーで揉《も》めていたことと関係あるのか？」

「ロビーでって……違います」

七海はゆるく首を振った。

だが、頑《かたく》なに視線をそらしていると、皇子が苛立《いらだ》ったように顎に手をかけてくる。ぐいっと横を向かされると、いやでも怒りに満ちた彫像のような顔が目に入った。

「ちゃんとこっちを見て話せ。あのふたりは明らかにおまえを取り合っていた。男には慣れていないと言いながら、おまえはあのふたりにも抱かれたのか？」

「そんな……っ、違います！　新開は友人で、三輪さんは同僚です！」

七海は顎をつかまれながらも、必死に言い返した。

「ふたりとも嫉妬《しっと》丸出しの顔で争っていた。おまえは初なふりで、あのふたりを煽《あお》ったのか？」

「違います！」

あまりの非難に、七海は思わず皇子を睨んだ。

端整な顔に、皮肉っぽい笑みが浮かぶ。そして皇子は、もう一方の手を七海の後頭部にまわし、唇を近づけてきた。

「違うと言うなら、これ以上追及するのはなしにしてやろう。いずれにしても、おまえはもう俺のものだ。他の男に色目を使うことは許さん。それをよく覚えておけ」

傲慢な言葉に、七海は唇を震わせた。

それでも必死に訴える。

「ぼくは……誰のものでもありません。申し訳ないですけど、ぼく、アリダードにはご一緒できません。羽田で殿下をお見送りさせてもらいます」

何故か胸の奥が痛みを訴えていた。

でも、このままアリダードまでついていくわけにはいかない。

ムスタファ皇子のことは、あんなことがあっても嫌いになれなかった。

強引に抱かれたとはいえ、あれは合意のもとの行為だ。だから、皇子を責めるつもりはない。

しかし、このまま奴隷のように連れていかれるのだけはいやだった。

皇子はじっと七海を見据えていたが、そのうちさらに笑みを深める。

「昨夜と違って、ずいぶん反抗的だな。いいだろう。何事も最初が肝心だ。おまえが誰のものになったのか、しっかり教えてやる」

皇子は不穏な言葉を吐き、そのあといきなり七海の口を塞いできた。

「んっ！」

いきなり強く口づけられて、七海は抗うこともできなかった。

息をのんだ隙に、熱い舌が滑り込んでくる。最初からいやらしくその舌を絡められ、七海はびくりと震えた。

「んんっ、……ぅう……くっ、ふ……んぅ」

皇子は七海の頭を引き寄せ、思うさま口中を貪る。

必死に抗おうとしたけれど、皇子の口づけからは逃れられなかった。

昨夜、執拗に愛されて、身体の奥にはその余韻がくすぶっている。そこに官能的なキスをされ、いっぺんに身体の芯が熱くなった。

「んぅ……んっ」

皇子は七海の頬を両手で挟み、存分に唇を貪り続けた。

甘く蕩けるようなキスが気持ちいい。根元から舌を絡められ、たっぷり吸い上げられると、頭に霞《かすみ》がかかって何も考えられなくなるほど気持ちがよかった。

だがそのうち皇子の手が頬から喉、そこからさらに滑り下りて、胸を撫でられる。

薄いシャツの生地の上から、皇子は迷わず敏感な乳首を見つけ出した。

「んんっ、ん、ふっ」

指の腹できゅっとそこを押されると、とたんに身体の芯が疼いてくる。

くるくる戯れるように円を描かれると、腰を震わさずにいられなかった。

「ん、やっ……」

七海は必死に両手を突っ張って、皇子の口づけから逃れた。

だが、唇が離れたと思ったのも束の間、皇子はさっと七海の身体をまわし、後ろから抱きすくめてくる。

「や、っ……」

皇子の胸にもたれるような格好になって、七海は必死にもがいた。

「暴れるな」

皇子は簡単に七海の抵抗を封じ、逞しい両足の間に座らせてしまう。背中からしっかり抱きすくめられると、もうどこにも逃げようがなかった。

「お願い、です……っ、やめて、ください」

七海は息を喘がせながら懇願した。

けれども皇子の動きは止まらず、ほんのちょっとの隙に、下肢にまで手を伸ばされる。あろうことか、ムスタファ皇子は七海のスラックスに手をかけ、さっさとベルトをゆるめてしまったのだ。

「やっ、そんなの」

七海は懸命に止めようとしたが、皇子は簡単に、下着の中まで手を挿し入れてくる。

いきなり直《じか》に中心を握られて、七海は大きく腰を震わせた。

「やあ、……くっ」

「どうした？　気持ちがいいだろう？　キスだけでここを熱くしていたのだ。大人しく愛撫に身を任せていろ」

皇子はからかい気味の声とともに、きゅっと根元から擦り上げてくる。

そんな真似をされてはたまらなかった。口づけられただけで勃ち上がりかけていたものが、ますます硬く張りつめていく。

「いやっ、だ……っ、やめ……っ、こんなところで……っ」

七海は本格的に抗った。

でも、皇子の手は少しも動きをやめない。七海の淫らさを暴き立てるように技巧を凝らして陥落を誘う。

「運転席のことなら気にするな。仕切りもある。それに後部座席で何をしていようと、あの者たちは気にしない」

ゆるゆると幹を掻き立てながら、皇子は余裕の答えを返す。

「やっ、でも、外から見えてる……っ」

七海はそう言って激しく身体をよじった。

高速は渋滞で、隣の車線の車ものろのろ運転だ。窓から覗かれれば、中で何をしているか、すぐにわかってしまうだろう。

それでも皇子は七海への愛撫をやめようとしない。

「外の車が気になるのか？」

「だ、だって、見えてしまう」

「運転中に脇見をする愚か者はいない」

皇子は根元からたっぷり擦り上げながら、余裕で答える。

七海は必死に首を振った。

「やっ、ああっ、じょ、助手席……後ろにも人が乗ってる……っ」

皇子はくすりと忍び笑いを漏らす。

「必死なおまえを見ているのはなかなか楽しいが、こっちに集中できないのは考えものだな。教えてやろう。窓はスモークになっている。おまえがいやらしい顔をしているのは、外からは見えない」

説明を聞いても、七海の恥ずかしさは消えなかった。

それどころか、皇子が微妙な力加減で愛撫を加えてくるので、今にも達してしまいそうになる。

「あっ、やあ、……っ、もう……っ」

七海は涙を浮かべて身悶えた。

皇子の腕に縋りついても、愛撫はやまない。幹を擦るだけではなく、蜜の溜まり始めた先端まで指でくるくる弄られる。

「やっ、……くふっ」

本当に噴き上げてしまいそうになり、七海はぐんと腰を突き上げた。

そのとたん、皇子の手がすっと張りつめたものから離れてしまう。

あと少しのところで達き損ねた七海は、とうとう涙をこぼした。

「可愛い顔をする。だが、まだ達くな」

皇子は後ろから宥めるように囁きながら、濡れた頬にそっと口づけてくる。

唇を震わせていると、再び皇子の手が動き始めた。

腰を浮かせ気味にされ、スラックスと下着を足首まで下ろされる。

「やっ、な、何を……？」

七海は不安を覚えて、目を見開いた。

間近にあった青い瞳には、明らかにこの事態を面白がっているような光が浮かんでいる。

だが下肢を完全に剝き出しにされ、七海はさらに不安に襲われた。

「トーキョーの渋滞は苛立ちのもとだが、時間を有効に使う方法はいくらでもある。エアポートに着くまで、おまえもたっぷり楽しめばいい」

皇子はにやりと笑い、そっと七海の剝き出しの腰を撫でてきた。何をされるのかと、目を見開いたままで固まっていると、腰を撫でていた手がするりと後ろに滑らされる。

思わせぶりになぞられたのは、秘めやかな窄まりだった。

「やっ！」

昨夜、逞しい皇子を受け入れさせられたばかりの場所を、長い指の腹でそっと撫でられる。

びくっと身体が震え、七海は必死に逃げの体勢を取った。

だが、狭い後部座席ではどこにも行きようがない。

うつ伏せで横向きになったのは失敗で、かえって皇子に恥ずかしい場所をさらしてしまう結果になった。

「ここもゆっくり可愛がってやろう」

皇子は余裕で七海の腰を引き寄せ、自分の足の上に乗せてしまう。

そして剝き出しの双丘を何度もなぞってから、きゅっと左右に割り開いた。

「……っ！」

外はまだまだ明るい時間帯だ。そんな中で、恥ずかしい場所を皇子の視線にさらすことになって、七海は生きた心地もしなかった。

指が中に入りそうになり、慌てて自分の口に拳《こぶし》を当てる。

塞いでおかないと、悲鳴を上げてしまいそうだった。

皇子は七海が声を殺しているのをいいことに、開かせた窄まりに、とうとう長い指を挿し込んでくる。

「んっ！」

乾いた場所なのに、七海の蕾は何故かすんなりと皇子の指をのみ込んだ。

「昨夜の名残《なごり》でまだやわらかいな」

皇子はそんなことを呟《つぶや》きながら、くるりと指を回転させる。

「んんっ！」

七海は羞恥で真っ赤になりながら、ぎゅっと身体を縮めているしかなかった。

皇子の膝を跨《また》ぐ格好で下半身をさらしている。前には運転手と護衛、外にも大勢のドライバーや同乗者がいるというのに、なんという淫らさだろう。

けれども、どんなにいやだと思っても、皇子が指を動かすたびに、身体の奥から快感が迫《せ》り上がってくる。

皇子のトーブに密着した中心も、再び欲望を吐き出そうと、小刻みに揺れていた。

「おまえが一番感じるところは、ここら辺だったな」

皇子は意地悪く言いながら、敏感な場所ばかり狙ったように指の腹で刺激してくる。

「んぅ、……くふぅ……っ」

七海はシートにうつ伏せながら、必死に声を殺しているだけだった。

たったひと晩で、自分はどれほど淫らにさせられてしまったのだろう。

渋滞の車の中で皇子の愛撫を受け、快感に身悶えている。

「ナナミ、これでわかったか？　おまえはもう俺のものだ。俺の手で、俺の意のままに乱れて見せろ。いくらいやだと言い張っても無駄だということを、これから徹底して教えてやる。いいか、これはまだ手始めだ。専用機の中でもたっぷり抱いてやる。おまえが俺のものだとしっかり自覚するまで、徹底して可愛がってやるからな」

傲慢な言葉に、七海は辛うじて首を振った。

だが、次の瞬間、罰を与えるように、ひときわ強く敏感な場所が抉《えぐ》られる。

「くっ、……うぅぅ」

今にも吐き出しそうになって、七海は呻き声を上げた。

皇子の手が頭に伸びて、乱れた髪を撫でられる。

しかし、中に入れられた指はまだ敏感な場所を掻きまわしていた。

「さあ、我慢しなくていい。達きたいなら、達け」

言葉と同時に、何かやわらかなもので中心が包まれる。そうして再び弱い場所をくいっと引っかかれた。

「う、くっ……うぅぅ」

強烈な快感を我慢できず、七海はとうとう欲望を吐き出した。

シートに顔をうつ伏せたまま、びくびく震えていると、皇子の手で耳にかかった髪を梳《す》き上げられる。

その手が項《うなじ》にまで達し、七海はさらにびくりと震えてしまった。

「……う、っ、……は、……っ」

すぐには息が整わず、忙《せわ》しなく胸を上下させる。

「気持ちがよかったか、ナナミ？」

僅《わず》かに掠れた声で問われ、七海は思わず涙をこぼした。

こんなふうに快楽に溺《おぼ》れさせられるとは、自分が情けなくてたまらない。皇子の手管にあっさり屈してしまったことが悔しかった。

こんな淫らな格好で、ただ震えているだけだなんて、惨めだ。

とにかく皇子の膝から下りようと、七海は必死に身体を動かした。力がまったく入らず、座席の幅も狭いので、途中でがくっと顔を伏せてしまう。

そのとたん、すかさず皇子の手が伸びて、七海は再び抱き上げられた。

「やっ、もう、放してください……っ」

皇子の足の間で背中から抱かれている格好だ。これではまた何かされてしまうかもしれない。でも皇子の両腕がしっかりとまわされているので、どこにも逃げようがなかった。

それでも身体をよじっていると、皇子が宥めるように肩を撫でてくる。

「ナナミ、大人しくしてろ」

「いや、ですっ、放してください……っ。こ、こんなの……違う……っ。こんなことで、ぼくを支配するなんて……あ、あんまりです……っ」

激しく首を左右に振ると、皇子はおかしげに笑い出した。

「くくっ、こんなにされても、まだ逆らおうというのか……。面白い。ますます気に入った」

皇子は笑いながら、人差し指ですうっと七海の頬をなぞり上げる。

背中を預けているので表情は見えなかった。でも、笑われると皇子の息が耳にかかる。七海はそのたびに、びくっと小刻みに震えた
「お願いです。もう放してください。……ぼくは、あなたのものじゃない。玩具《おもちゃ》でもないですから……っ」

それでも精一杯の言葉とともに、ぐいっと身体をよじる。

なんとか皇子の腕から逃れようとしたけれど、すかさずまた横抱きにされた。

「どこへ逃げようというのだ？　ここは車の中だぞ。それとも、もっとかまってほしくて悶えているのか？」

馬鹿にしたような声に、七海の胸はぎりぎりと絞られたように痛くなった。

皇子は不遜《ふそん》な性格だけれど、嫌ってはいなかった。でも、こんなふうに上から押さえつけるようなやり方は受け入れられない。

「放してください！　ぼくの身体は確かに、あなたの愛撫に逆らえなかった。でも、ぼくにだって意志がある。ぼくの従兄が殿下になんと言ったかは知りません。でも、ぼくはアリダードに行きたくない。だから、殿下とは羽田でお別れします！」

七海は皇子を睨み、懸命に言い切った。

今はとにかくこの状況から一分でも早く、逃げ出したいだけだ。KURAHASHIのためにも、亡くなった父のためにも、できればムスタファ皇子を怒らせたくなかった。

しかし、もう他のことを考えている余裕もない。

だが、七海が必死になればなるほど、ムスタファ皇子は冷たい表情になっていく。

皇子からできるだけ距離を取ろうとしたけれど、リムジンの後部座席では、大して離れることもできなかった。

「おまえは意外と頑固だな。ふん……シュンスケから事前に警告を受けていたとおりだ」

「警告……？」

なんのことかわからず、七海は目を見開いた。

そこへ皇子がぐっと精悍な顔を近づけてくる。

「おまえは時折、ひどく我が儘なことを言って、周囲の者を困らせているそうだな」

「ぼくが？　……そんな……」

「今度のことも、おまえは自ら志願したそうじゃないか。なのに、今になっていやになったとは、それこそ我が儘だろう」

あまりにもひどい決めつけに、七海は呆然となった。

俊介は皇子の耳に、いったい何を吹き込んだのだろう。

どうやって皇子を説得しようかと、七海は必死に考えた。けれども、有効な手段は何も見つからない。

そもそも最初に身体を差し出すような真似をしたのは、自分のほうだ。今さら、あれは間違いでしたと言っても、信用などされるはずもないのだ。

きゅっと唇を噛みしめていると、皇子は青い目を細める。射貫くように冷たい視線だった。

「ずいぶんと反抗的な目だな。そんなに俺と一緒にアリダードに行くのがいやか？」

冷ややかな声で訊ねられ、七海はさらに緊張した。

もしこれが、もっと違う状況でなら、皇子と一緒に行くのをいやだとは思わなかっただろう。

でも、この先ずっと身体のみの関係を続けるのは絶対にいやだ。

七海は必死に皇子を見つめた。

「アリダードには行きたくありません」

冷酷な表情に怯《おび》えを感じつつも、はっきりと口にする。

ムスタファ皇子は青い目をさらに細めた。

「そうか。おまえが反抗的な態度を続けるなら、こちらもそれなりに扱うしかないな」

「……な、何を？」

「ふん、おまえがいやと言えないようにするだけだ」

皇子はそう宣言したかと思うと、再び七海の腰に手をかけてくる。

くいっと腰をまわされて、七海は大きくバランスを崩した。

「ああっ」

背中から倒れ込み、思わず悲鳴を上げたが、皇子はさらに七海の右足だけを持ち上げるという暴挙に出る。

足を大きく広げさせられて、七海は生きた心地もしなかった。

「さあ、これを入れてやろう」

「やっ、何？　やだ……っ」

懸命に身をよじっても、腰だけが皇子の膝の上に乗っている状態だ。力も入らず、そのうえ、皇子の手でいやらしく剝き出しの尻を撫でられる。

ほんの少し前に達かされたばかりだ。しかも皇子の指で散々掻きまわされた場所は、普段より数倍無防備になっていた。

「やっ、やめて……っ！」

つぷっと何か小さなものが、窄まりに押し込まれる。

腰を振って避けようとしたけれど、その物体は、皇子の長い指で簡単に奥まで押し込まれた。

「さあ、そろそろ空港に着く頃だ。下半身をさらしたままでは車から降りられないぞ」

皇子はそんなことを言いながら、ハンカチで汚れた部位を拭う。そしていきなり、足首まで落ちていた七海の下着を元の位置まで戻した。

「やだ、……な、中に何を……？　と、取ってください」

七海は恐怖を感じて懇願した。

服の乱れを直されるのはいいが、中に異物を入れられたままだ。

けれども皇子は極上の笑みを浮かべただけで、スラックスも引き上げた。そうしてベルトまでしっかり締め直されたのだ。

「さあ、涙の跡も拭いておかないと」

「……いやだ。まだ……中に……っ、な、何を入れたんですか？」

「おまえが素直になるように、ちょっとした玩具を入れてやっただけだ。ちなみにこれはシュンスケが用意したものだ。おまえの従兄は本当にそつのない男だな」

皇子はそう言いながら、民族衣装の袖から小さな物体を取り出した。

白く小さなそれは、何かのコントローラーのようだ。

七海がそう認識したと同時、皇子が丸いボタンを指で押す。

「ああっ！」

七海はあまりの刺激に仰《の》け反った。

中に入れられた物体が、激しく振動し出したのだ。

ただでさえ過敏になっていた内壁が、その振動で大きく刺激される。

「やっ、ああ……っ！」

たまらなかった。

ぐっと前屈《まえかが》みになっても振動は止まらない。下腹に力を入れてみても、刺激からは逃げられなかった。

「さあ、空港だ」

「や……っ、やめ……」

「おや、ずいぶん報道陣が集まっている」

皇子はのんびりとした声を出しながら、わざとらしく七海の肩を抱き寄せる。

「お、お願い……です。と、止めて……ください……うぅ」

「あとでな。さあ、着いた。降りるぞ」

息も絶え絶えで懇願したのに軽くいなされて、七海はますます恐怖を覚えた。

皇子の言葉どおり、リムジンはいつの間にか空港に到着している。警備員がずらりと並んだ後ろには、大勢の人だかりができていた。アリダード王国の皇子が帰国の途につくため、報道陣が集まっているのだ。

運転手と、助手席に乗っていた護衛官が、さっと車を降りていく。前と後ろの車両からもアリダード王国の関係者が次々に降りて、リムジンの横に並ぶ。

そしていよいよ七海が座っている左側のドアが開けられた。

七海は真っ青になった。

こんなに大勢の人々の前で、なんでもないふりをしなければならない。

中に埋め込まれたローターは、まだ微妙な動きをくり返している。身体中ががくがくして、まともに立ち上がれるかどうかもわからなかった。

「……お、願い……止めて……中のを、止めて……ください……っ」

七海はどうしようもなく、皇子に縋るような目を向けた。

身体が小刻みに震えている。ひどいことをしたのは皇子だけれど、この窮地から救ってくれるのも、目の前の男しかいないのだ。

「お願い……です、から……っ」

七海はぽろりと涙をこぼしながら、さらに訴えた。

皇子は満足げに微笑んで、七海の頬に大きな手を当てた。

「仕方がないな。そんな目をされては……」

そんな囁きが落とされた瞬間、ふっと中の振動がやむ。

「……っ」

七海は安堵《あんど》のあまり、思わず息を吐き出した。

だが、これで危険が去ったわけではない。外には大勢の人間が待ち構えており、しかも、皆がこちらを注視しているのだ。

「あ、あの……ぼくをこの車に乗せたままでKURAHASHIへ帰してください。お願いですから……っ」

七海は皇子の袖をつかみ、懸命に願った。

しかし、皇子はすげなく首を左右に振る。

「ナナミ、何度も言わせるな。おまえはアリダードへ連れていく。それとも、また中の玩具を動かしてほしいのか？」

優しげな声で脅されて、七海はぶるりと震えた。

皇子はそんな様子を見て、また満足そうに口元をゆるめる。

「さあ、降りるぞ。おまえはこのまましばらく座っていろ」

そう声をかけた皇子は、自分自身でさっさと反対側のドアを開けて車から降りてしまう。

そして驚いたことに、皇子はわざわざ七海の側のドアへと回り込み、再び両腕を差し伸べてきたのだ。

「さあ、こっちだ」

「あ……」

皇子は戸惑う七海の背中を押さえ、さらに膝の裏に手を入れて、軽々と抱き上げる。

そのとたん、いっせいにフラッシュが焚《た》かれ、七海はぎゅっと両目を閉じた。

注目を浴びる中で、皇子に横抱きにされて進むのは、羞恥の極みだった。それに、一国の皇子にこんな真似をさせるなど、罪悪感にも襲われる。

「写真を撮るな！」

誰かが鋭く叫んでいるが、皇子は気にも留めずにゆったりと歩を進めていた。

七海はどうしようもなく、その胸に顔を埋めているしかなかった。

しかも、こんな時だというのに、中に入れられた異物に苦しめられる。

機械的な動きは止まっている。でも異物は、皇子が足を進めると微妙に振動した。

「く……ぅ」

ひどく敏感になっている壁を擦られ、七海は漏れそうになる呻きを堪えるので精一杯だった。

†

ムスタファ皇子がチャーターした飛行機は、静かに羽田空港を飛び立った。

七海は結局、何もできないまま機内に運ばれ、皇子と一緒に日本を出ることになってしまったのだ。

俊介が用意よく運ばせていたトートバッグには、しっかりパスポートが入っていた。しかも王族の出国とあって、手続きも特別コースで行われ、七海には逃げ出す隙さえなかった。

「ナナミ、いつまでそんなふうに不機嫌な顔をしている気だ？」

飛行機が離陸してすぐに、隣の席から皇子が問いかけてくる。

チャーター機は大型で、室内はまるで重役専用の会議室かと思うほどだ。ふたつ並んだソファは革張りで、テーブルを挟み、向かい側にも二席設けられている。その向こうには巨大なモニター。機内での打ち合わせ用に、壁沿いにはOA機器などもさりげなく設置されている。

機内の中ほどには、専用のベッドルーム。そしてさらにその後ろに、スタッフのための部屋も用意されているとのことだった。

皇子が呼べば、側近たちあるいはフライトアテンダントがすぐさま飛んでくるだろう。幸か不幸か、今はふたりきりだったが……。

強引に出国させられたことを抗議したかったたが、今はそれより差し迫った問題がある。

飛行機が水平飛行に移った頃を見計らい、七海は顔を赤くしながら皇子に声をかけた。

「あの、すみません。ぼくはちょっと席を外します」

そう言ってシートベルトを外そうとすると、すかさず皇子の手で止められる。

「どこへ行こうと言うのだ？」

「……レ、レストルーム……です……っ」

答えただけで、さらに頬が赤くなる。

皇子はその七海の様子を見て、にやりと口元をゆるめた。

「トイレ？　ああ、そうか、まだあれを入れたままだったな」

ずばりと指摘された七海は、我知らず視線をそらした。

そんな七海に、皇子はそっと手を伸ばしてくる。そしてカチャリと小さな音とともにシートベルトが外された。

「さあ、立てるか？」

七海は皇子に支えられて席を立った。

チャーター機は揺れもなく、静かなフライトを続けている。皇子は七海を支えて後方へと移動し始めた。

途中にトイレがあったのに、それを無視する皇子に、七海は思わず声を発した。

「あ、あの……どこへ？」

「どこへだと？　あれを出してほしいんだろ？」

「はい……」

「ひとりで出せるのか？」

思わぬことを訊ねられ、七海は再び赤くなった。

想像するだけで恥ずかしいことだし、自分でできるとも思えない。

仕方なく首を左右に振ると、皇子は機嫌がよさそうに微笑んだ。

「おまえのことは最後まで俺が責任を持つ。ちゃんと取ってやるから心配するな」

七海の腰を抱いた皇子は、そう言ってさらに後方へと進んだ。

機内とは到底思えないほど立派なベッドルームに案内され、七海は目を見開いた。

ダブルベッドの端にはシートベルトも見えていたけれど、全体の造りはまるでホテルのようだ。

機内だと認識させるものは、覆いを下ろした小さな窓だけだった。

「さあ、上着を脱いで、そこで横になれ」

「……はい」

また皇子に触れられるかと思うと二の足を踏みたくなるが、それでも七海は素直に従った。

ベッドに身を横たえると、皇子も頭を覆っていた布を取り去って、端に腰を下ろす。

そうしてゆっくりと七海へと手を伸ばしてきた。ベルトを外され、スラックスをするりと足元まで下ろされると、また恥ずかしさがぶり返してくる。

七海は必死に唇を噛んで、羞恥に耐えた。

「そのままでは、やりにくい。うつ伏せになれ」

皇子はなんでもないことのように指示してくる。

うつ伏せになるなど、さらに羞恥が増すが、七海は懸命に体勢を整えた。

皇子の手でするりと下着を下ろされると、下肢が剝き出しになる。

「さあ、もっと足を開け」

皇子はさらに恥ずかしいことを命じ、七海の双丘を思わせぶりに撫で始めた。

「く……っ、ぅ……」

太腿の際に手を挿し込まれ、ゆっくり足を広げさせられる。

そんな些細な動きでも、入れられた異物で敏感な内壁が刺激を受けた。振動しているわけでもないのに、七海自身が動かしているようなものだ。

皇子はわざとらしく尻を撫でまわし、それ以上のことはしてこない。

「どうした、ナナミ？　何もしていないのに、ずいぶんと気持ちよさそうだな」

「あ、……ふっ、ち、違……います……っ。そ、それより、は、早く……っ」

息が上がって普通にしゃべることさえできない。

しかも、声を出すたびに、また内壁で異物が動く。

「素直じゃないな……。まあ、いい。今日のところは許してやろう。おまえにきちんとした躾《しつけ》をほどこすのは、アリダードに着いてからだ。さあ、今取ってやるから、楽にしてろ」

皇子はそう言って、いきなり剝き出しの双丘を割り開いた。

「あっ」

びくりと腰を動かすと、さらに尻を開かれて、無造作に長い指を入れられる。

皇子はそのまま探るように指を動かしてきた。

そのたびに異物が大きく場所を変えて、さらに壁が刺激される。

「やあっ、……あっ、ああっ……」

七海は腰を高く掲げた状態で、身悶えた。

「滑ってしまうな。取りにくい」

皇子はそんなことを呟きながら、さらに指を動かす。

だが、指先で押された異物は、出てくるどころか、ますます奥へと入っていく。

「やっ、……くっ、……うぅぅ」

おそらく小さな卵状のものだろう。紐《ひも》などはついていないようで、皇子が取りにくいと言うのは、決して嘘《うそ》ではなかった。

でも、くいくい動かされると、たまったものではない。しばらく静かにしていたお陰で治まっていた快感が、また蘇《よみがえ》ってくる。

こんなもので感じたくはなかった。それでも、異物は的確に弱い場所を抉ってくる。

「ああっ、……ふ、くっ」

七海は額に汗を滲ませながら、荒い呼吸をくり返すだけだった。

「ナナミ、どうした？　取ってやろうとしているだけなのに、感じているのか？」

皇子は空いた手で、剝き出しの双丘を撫でながら、訊ねてくる。

「ち、違……っ」

七海は必死に首を左右に振った。

すると皇子は意地悪く、前にまで手を伸ばしてくる。

「ああっ！」

いつの間にか張りつめてしまったものを、すうっとなぞり上げられて、七海は仰け反った。

頭頂まで突き抜けるような快感で、目が眩《くら》む。そのうえ、仰け反った拍子に、さらに奥も刺激され、どうしようもなかった。

張りつめたものが、再びぐっと反り返ってしまう。

皇子はしっかりとそれを確かめ、くくくっと忍び笑いを漏らした。

「取ってほしいと言いながら、すっかり玩具が気に入っている様子だな」

ついでだといったように、指でくいっと中の物体を押される。

異物はつるりと横に滑り、一番敏感な場所をいやというほど刺激した。

「ああっ」

思いきり背中をそらすと、自分の内壁でも異物を締めつけてしまう。

「そら、どうした？　これだけで達ってしまいそうなのか？」

皇子はおかしげに言いながら、また中のものを掻きまわす。

「やっ、駄目……っ、お願い……ですから……っ、う、動かさないで」

七海は息も絶え絶えで訴えた。

「どうしてだ？　これを取ってほしいんだろ？　動かさずに取ることなどできないぞ」

「や、でも……っ」

「感じすぎて困るか？」

優しげな声なのに、皇子は指の動きを止めない。

七海の反応を見て、面白がっているのは明らかだった。

感じたくないのに、中心がますます硬く張りつめてしまう。たったひと晩で、どうしてこんなにも感じやすくなったのか、七海は自分で自分が恐ろしかった。

それでも快感は抑えようもない。

七海は必死に後ろを振り返り、涙でいっぱいの目で皇子を見つめた。

「は、早く……っ、お、願いです！　く、苦しいから……っ」

早くこの状態から助けてもらわないと、また欲望を噴き上げてしまう。皇子は服さえ乱していないのに、自分だけが淫らに身悶えているのだ。

じっと見つめていると、皇子の整った面《おもて》にふわりとした笑みが浮かぶ。

だが、ほっとできたのは、ほんの一瞬だった。

「そんな顔でお願いされては、こっちも我慢できなくなる。ナナミ、指では届かないようだから、他の方法を試してみよう」

そんな言葉とともに、皇子はいきなり指を引き抜いた。

そして、次の瞬間にはぐいっと両手で七海の腰を自分のほうへと引き寄せる。

「あっ、何？」

皇子が前に身体を倒し、ばさりとトーブの裾がまくられる。

そして、あっと思う間もなく、剝き出しの場所に熱いものが擦りつけられた。

「ナナミ、おまえは本当に可愛い。涙に濡れた頰も、赤くなった耳も、何もかもにそそられる。

おまえだけだ。俺をこんな気持ちにさせたのは」

「やっ！」

擦りつけられた灼熱《しゃくねつ》が、今にも濡れた場所に入ってきそうで、七海は恐怖に駆られた。

中にはまだ異物が入れられたままなのに。

「ナナミ」

耳に熱い囁きを落とすと同時、皇子がぐいっと腰を進めてくる。

「やっ、あ、ああっ……く、ううっ……」

どこにも逃げようがなかった。

背中から覆い被さってきた皇子に、しっかり腰を抱かれている。そして、蕩けた七海の窄まりは、逞しいものを待ち焦がれていたかのように、すんなりと皇子を受け入れた。

「あ、……あぁ、……う、うくぅ……」

熱く逞しいもので、狭い場所をこれ以上ないほど割り開かれる。

絶対に無理だと思うのに、昨夜抱かれたばかりの身体は抵抗しつつも、埋め尽くされていくのを喜んでいた。

中にはすでに異物が入っている。それが皇子に押され、さらに奥まで進んだ。

「やっ、駄目……っ、ま、まだ、な、中に入ってるのに……っ、ああっ、うぅぅ」

七海は掠れた悲鳴を上げた。

必死に前のめりで逃げようとしても、皇子に両手で腰をつかまれているので果たせない。

「いいぞ、ナナミ。おまえの身体は最高だ」

「やあ、……っ、うう……っ」

ぐいっとさらに奥まで逞しいものを進められる。

「大丈夫だ。ゆっくり可愛がってやる」

皇子は優しく囁きながら、腰をまわしてくる。

「あぁっ、……あっ、やあ、……っ」

異物と逞しい熱塊、両方で敏感な中を搔きまわされて、七海は甘い呻きを上げるだけだった。

熱砂の国の皇子は傲慢に七海を支配下に置く。

逃げようとしても逃げられず、七海は完全に囚《とら》われの身となってしまったのだ。

†

「そろそろアリダードだ。アラビア海が見えるぞ」

心地よい振動に身を任せ、うとうとしていた七海は、皇子の声でゆっくりと目を開けた。

機内のベッドルームで死ぬほど恥ずかしい目に遭わされたあと、そのまましばらく休んでいた。

座席へと戻ってきたのは一時間ほど前だ。

体内にあった異物は取ってもらい、汚れや乱れも残っていないが、まだ身体の奥が疼いている気がする。

チャーター機は下降を始めており、ゆっくり旋回するたびに機体が揺れるが、皇子にしっかり手を握られていたお陰で、恐怖はまったく感じなかった。

「あ……」

ブラインドが上げられた窓から、真っ青な海が見える。

一面がマリンブルーで、空の青との対比が言葉もないほどきれいだった。

チャーター機がまた旋回を始め、近代的なビル群が密集する都市が見えてくる。

「あれがアリダードの王都だ。ショッピングモールの建設を予定しているのは、あのあたりの海だ。小さな島が見えるだろう？」

身を乗り出した皇子が、そう言って窓の一点を指さす。

言われた方角に視線を移すと、マリンブルーの海の中に五つほど、白い小島が浮かんでいた。

「あの島を起点にして、リゾートを兼ねた一大商業区を建設する」

皇子の言葉に、七海は思わず想像を巡らせた。

真っ青な海に囲まれたモールは、買い物客の目を楽しませるだろう。しかし、建設コストを考えると、かなりの冒険ではないだろうか。

「……どうして、海の上に造るんですか？」

七海は自然と訊ねていた。

「最初に計画されたのは、海水から真水を造るプラントだ。我が国は万年水不足に悩まされている。モールを造る計画が出されたのは、プラントの建設費を軽減するためだ」

「海水を淡水化するのですか……？」

ぽつりと口にしてみて、七海は初めてアリダードが熱砂の国であることを思い出した。

アラビア海に面した国土はさほど広くはない。そして地図上ではすぐ近くまで、あの広大なルブアルハリ砂漠が迫っていたはずだ。

「残念ながら砂漠化は急速に進み、我が国もその重大な影響下にある。現在の科学では砂漠化を止める手立てが限られている。もちろん、将来的には国土全体に緑化を進めるのが理想だが、今はまず、水の確保というわけだ。ま、おまえには興味のない話だったか……」

王子の口調がふいに自嘲《じちょう》気味なものに変わる。

七海は慌てて言葉を挟んだ。

「そんなことありません。砂漠がどんなところか、ぼくには想像がつきませんけど、でも眼下の海に、ショッピングモールができたところは目に見えるようです。真っ青な海に囲まれたモールでは、人々がなんでも楽しめて、さらにその足下で真水が作られているなんて、素敵な計画じゃないですか。海の上の楽園みたいで」

夢中になって言い募ると、ムスタファ皇子は驚いたような顔を見せる。

「海の上の楽園？　この事業のコンセプトは、まさにそれだ。何故、わかった？」

「あ……ぼくは……」

いきなり食い入るように見つめられ、七海は息をのんだ。

皇子の瞳の色は、アラビア海と同じように深く澄んでいる。そして、その瞳には子供のように純粋な光だけがあった。

「ナナミ、おまえが興味あるようなら、楽園の建設プランを見せてやろう。まだ細部は決まっていないことが多い。おまえに何かいいアイディアがあるなら、それも検討するぞ？」

皇子はそう言って、極上の笑みを見せた。

ムスタファ皇子は強引に七海をこの機に乗せてアリダードまで連れてきた、不遜で傲慢な男だ。

七海の意志を無視して支配しようとする、受け入れがたい男……。

けれども今の七海には、何故か違う気持ちが芽生えつつあった。

少なくとも皇子は自分の国を愛している。だからこそ、この楽園計画に夢中になっているのだ。

それは、七海が両親のホテルを愛し、取り戻そうとしているのと同じ気持ちに思えた。

七海はまだ日本に帰国することを諦めていない。

アリダードに着けば、すぐ折り返しで帰国させてもらえるように頼むつもりだった。

しかし皇子の表情を見ていると、何故かそれを言い出すのがためらわれた。

5

アリダードに入国した七海は、皇子が所有する離宮に連れていかれた。

王都は想像以上に近代的なビルが建ち並ぶ都市だった。国土はさほどの面積ではないが、アリダードは早くからオイル関連の事業を進めており、今はそれが広がって中東の国々を牽引《けんいん》する勢いで発展し続けている。

南部地域、シュバール王国との国境付近には乾いた砂漠が広がり、北方は古代文明が栄えたエルハーム王国。海沿いの南には他にも小さな国々が集まっている。

アリダードはそれらの国々の中でも、もっとも最先端の技術を駆使して様々な事業を進めていることで知られていた。

しかし、七海が連れてこられたのは、昔ながらの石造りの宮殿だ。

当初、七海はすぐにでも日本に帰してもらえるように頼むつもりだった。

しかし宮殿に案内されてすぐ、皇子は姿を消してしまい、言い出すタイミングを逸したままで何日かを過ごすこととなったのだ。

「ナナミ様、冷たいお茶をお持ちしました」

そう言って姿を現したのは、老齢の侍従だった。

名前をアサドといい、浅黒い肌に白い髭を蓄えた痩せた男だ。白のトーブ姿の侍従は、ムスタファ皇子が生まれた時から仕えているとのことで、この離宮内のすべてを取り仕切っていた。

「ありがとうございます。あの、殿下はどちらに？　まだお会いできませんか？」

七海は静かにソファから立ち上がって、侍従に応じた。

贅を尽くした部屋だ。古い時代のイスラムの様式を残し、壁の青いモザイクと、精緻《せいち》な蔓草模《つるくさ》様が美しい。

部屋は開放的な造りで窓もなく、きれいなアーチの向こうには、石を敷きつめた庭園が続いていた。

その庭園の中央には、熱砂の国で富の象徴とされる噴水が設置され、ふんだんに水飛沫《みずしぶき》を上げている。そのまわりには緑もたくさん植えられ、見た目にも涼しさを添えていた。

「こちらで召し上がりますか？」

侍従は白黒のタイルを敷きつめたテラスに、お茶を用意する。

七海は大人しく従って、籐《とう》の椅子に腰を下ろした。

俊介が用意させた着替えもあったが、今は白の民族衣装を着させられている。頭の被り物も含め、この格好でいるのが一番涼しく感じた。

「あの、殿下には……」

お茶を注いでいる侍従に、七海は再び問いかけた。

老アサドに日本に帰りたいと訴えても無駄なことは、すでに承知している。皇子にのみ忠実な侍従が七海の要求に応えてくれることはないからだ。

お茶を注ぎ終えたアサドは、やわらかな表情で口を開く。

「申し訳ございません、ナナミ様。殿下はお留守の間に溜まった政務を精力的にこなされておいでなので、もうしばらくの間、こちらへはお出《い》でになれないそうでございます」

いつもと同じ答えに七海はため息をついた。

早く話をしたいのに、肝心の皇子が留守ではどうしようもない。

だが、侍従はそんな七海の気持ちを見抜いたかのように、再び話を始めた。

「ナナミ様、殿下からの贈り物をお預かりしております。すぐ、こちらへお運びしましょう」

「贈り物？」

問い返している間に、侍従は優雅に退出していく。

七海は内心でため息をついた。

最初にここへ連れてこられた時から、ムスタファ皇子は贈り物と称して、色々なものを七海に与え続けていた。まずは民族衣装、そしてスーツや礼装用のタキシードや燕尾服《えんびふく》。それに山ほどの靴やネクタイ、宝石を散りばめたアクセサリー類まで。それらすべてがぴたりと七海のサイズに合っていることには驚きしか感じなかった。

さすがに女物のドレスは交じっていなかったが、まるでハレムに閉じ込められた寵姫《ちょうき》にでもされたような気分だ。

しかし、戻ってきた侍従が手にしていたのは、新しい衣装ではなく金色の鳥籠《とりかご》だった。

「さあ、本日の殿下からの贈り物はこの金糸雀《カナリア》でございます。特別美しい声で囀《さえず》るものをお選びしましたので」

「金糸雀……ですか？」

金の鳥籠には、美しい羽根を持つ金糸雀が一羽、留まっていた。

だが、小鳥が美しいと思うのと同時に、七海の心は沈んだ。

「ご存じですか？　この金糸雀は百年以上前に、日本から贈られたものなのですよ？」

「日本から？」

意外な言葉に七海は目を見開いた。

「さようです。その当時、日本では金糸雀の飼育が盛んだったとか。とても美しい声で鳴く金糸雀は、欧州でもたいそうな人気だったそうです。我が国にも番《つがい》が贈られ、そこからたくさんの金糸雀が育てられてきました。この一羽もきっとその子孫でしょう」

侍従はにこやかな顔で語るが、七海は素直に喜べなかった。

金糸雀には罪がない。

遠い昔に日本から金糸雀が贈られたという話には多少興味が湧《わ》いたが、それでも気持ちはまったく晴れなかった。

金の鳥籠に閉じ込められた金糸雀を見ていると、まるで自分のようだと思ってしまう。

きれいな離宮に収められ、山ほど与えられる贈り物。だが一歩も外へ出ることが叶わない自分は、鳥籠という狭い世界に閉じ込められた金糸雀にそっくりだった。

「いかがですか？　本当に美しい小鳥ですよ。鳥籠も、ナナミ様をお慰めするために、殿下がご自身で特注されたものです。この鳥籠、どちらへ置きますか？」

七海は鳥籠から目をそらし、真っ直ぐにアサドを見つめた。

「申し訳ないですが、殿下にお伝えください。ぼくは一刻も早く、帰国したいと望んでおります。ですから、お会いしたいと」

七海が冷ややかな声を出すと、アサドは困ったような顔になる。

皇子にだけ忠実な、年老いた侍従を責める気持ちはない。それでも、鳥籠を選ぶ時間があるなら、ほんの少しの間でもいいから自分と会って話ぐらいは聞いてほしかった。

はっきり不満を口にしたわけではないが、七海の気持ちは伝わったのだろう。

老侍従はほっとひとつ息をついてから答える。

「それでは、のちほどもう一度殿下にお伺いしてみましょう」

「よろしくお願いします」

七海は硬い表情のままで頭を下げた。

老アサドは、七海が興味を示さなかった鳥籠を、窓辺近くの黒い大理石の棚の上に置き、静か

に部屋から出ていく。

その後ろ姿が消えた頃、金糸雀が鳴き声を響かせ始めた。

金糸雀の声は、よく歌声に喩《たと》えられる。まさしくそのとおりで、きれいに澄んだ鳴き声だ。

七海は自然と鳥籠が置かれた棚に足を向けた。

けれども、きれいなはずの歌声は悲しく聞こえるだけだ。

それに、閉じ込められた自分のことも、より強く意識させられる。

「おまえは鳥籠に閉じ込められてて、悲しくはないの？　ひとりぼっちなのに、美しい鳴き声を響かせるのは、仲間に呼びかけているから？」

七海は金糸雀に向かって問いかけたが、返ってくるのはきれいな鳴き声だけだ。

本当に、これから先、どうすればいいんだろう……。

七海は心の中で呟き、またひとつ深いため息をついた。

†

ムスタファ皇子が七海の部屋に姿を見せたのは、翌日の午後だった。

「ナナミ、金糸雀は気に入ったか？」

いきなりそう言いながら室内へと入ってきた皇子に、七海は我知らず息をのんだ。

黒の豪奢なトーブにゴトラと金のイガール。長身の皇子がこちらへと歩いてくる様は、サバンナに住む豹《ひょう》のように優美だった。

七海は思わず見惚《みと》れてしまい、腰かけていたカウチから立ち上がるのが遅くなった。

近くまで来た皇子は、すかさず隣に腰を下ろし、七海の肩を抱き寄せてくる。

「久しぶりだな、ナナミ。早くおまえを抱きたくてたまらなかったぞ」

そんな言葉とともにいきなり口づけられそうになり、七海は慌てて身をよじった。

「やめて、ください」

「なんだ？　キスがいやなのか？」

思いきり両手で押しても、皇子はふざけた言い方をやめない。

「冗談はやめてください」

七海は今まで散々待たされた鬱憤《うっぷん》をぶつけるように、冷ややかな声を出した。

「冗談だと？　おまえを抱きたかったのは本当だ。冗談などではない」

「ぼくはもう、あなたに抱かれる気はありませんから」

七海は子供のように言い募った。

もう少しましな言い方があるだろうに、とっさにはうまい言葉が出てこない。アリダード王国に来てから五日も放っておかれたせいで、すぐには文句さえ言えなかった。

「ずいぶん機嫌が悪いな。アサドから毎日せっつかれていたが、そんなに俺に会いたかったのか？

ん？」

皇子はようやく七海から手を放すと、今度はやけに甘い声を出す。

自分勝手な言い草に、さすがの七海も呆れてしまう。

「アサドさんには、殿下にお話ししたいことがあるのでと、お願いしただけです」

「俺に話？　ふん、どうせ日本に帰りたいとか言い出すんだろうが、駄目だ。許可しない」

「な……っ」

話を持ち出す前から拒絶され、七海は思わず息をのんだ。

皇子はにやりと笑い、頬に触れてくる。

「いくら言っても無駄だ。日本には帰さない。諦めろ。しかし、それ以外の話なら聞いてやる。俺にしてほしいことがあるなら、なんでも言ってみろ。おまえの願いなら大抵のことは叶えてやる。遠慮はいらんぞ」

「殿下……」

一番大事なことを最初に拒否しておいて、なんでも願いを叶えてやるとは、あまりにもひどい言い方だ。

「どうした？　民族衣装は着ているが、装身具はひとつもつけていないではないか。おまえに贈ってやった指輪はどうした？　遠慮せずに、耳や手首にももっと飾りをつければいい。おまえに似合いそうなものを選んでおいたのに」

皇子の言葉を聞きながら、七海の胸には徐々に怒りが湧いてきた。

これでは本当にハレムに収められた寵姫の扱いだ。

こうなれば、もう遠慮などしている場合ではない。今まではKURAHASHIのこともあって大人しくしていたけれど、許してもらえないなら、強引に突き進むだけだ。

七海は真摯《しんし》な眼差しを傲慢な皇子に向けた。

「殿下がどうおっしゃろうと、ぼくは日本に帰らせてもらいます」

強ばった声でそう告げると、さすがの皇子も真剣な表情を見せる。

だが、口から出てきたのは、やはり不遜な言葉だった。

「帰さない。俺はそう言ったはずだ」

「でも、ぼくは帰ります！」

頑固に言い張ると、皇子はふっとため息をつく。

しかし、そのあとすぐに極上の笑みを向けてきた。

「本当に機嫌が悪いな。さすがに放っておきすぎたか……。いいだろう。おまえの気分が晴れるように、いいところへ連れていってやる。さあ、行くぞ」

皇子はそう言って七海の手を握り、カウチからすっと立ち上がった。

「え？」

あまりの豹変《ひょうへん》ぶりに、問い返す暇さえなかった。

七海は皇子に手を引かれ、強引に部屋から連れ出されるはめになってしまったのだ。

†

驚いたことに、ムスタファ皇子は自ら運転する黒のスポーツカーで、七海を離宮の外へと連れ出した。

アリダードはアラビア海に面した国だ。王都も海沿いで、郊外の小高い丘に王宮をはじめ、数々の離宮が建てられていた。

ムスタファ皇子は現国王の息子で、他に兄が四人いるという話だ。五人の皇子はそれぞれ美しい離宮を所有しており、また互いに協力して国政に務めているということだった。

皇子はくねくねした坂を、見事なハンドル捌《さば》きで下っていく。そして眼前には、瞬く間に王都の町並みが迫ってきた。近代的な高層ビルと古いモスクの屋根や尖塔《せんとう》。それらがなんの違和感もなく混在し、調和の取れた美しい景色となっている。

それにしても、一国の皇子ともあろう人が、こんなふうに単独行動をするとは、危険ではないのだろうか?

七海はなんとなく心配になったが、当の皇子は楽しげに運転しているだけだ。

黒のスポーツカーはすぐに賑やかな街中へと入っていき、色々なものが売られているスークを横目に狭い通りをいくつか抜け、やがて大きな港へと到着した。

「さあ、ここからボートに乗るぞ」

皇子はそう言って車から降りた。

七海も続いて外に出ると、いつの間にか数台の車が集まっていた。皇子の単独行動の邪魔をしないよう、護衛の者たちは離れてついてきていたのだ。

港は商業用で、桟橋に横づけされた大型船から、クレーンを使って次々に荷が下ろされている。作業車もいっぱい走りまわっていた。

そんな中、皇子の出迎えに、ベージュの制服を着て頭にゴトラをつけた男たちが数人駆け寄ってくる。

「ようこそ、殿下。ご連絡を受け、お待ちいたしておりました。すでにボートの用意はできております。どうぞ、こちらへ」

中のひとりがそう声をかけ、皇子と七海を桟橋へと案内する。

「どこへ行くんですか?」

七海は横を歩く皇子を見上げ、ぽつりと訊ねた。

皇子は見せたいものがあると言ったが、まさか海に出るとは思わなかった。

「海だ」

短い答えに、七海は思わずため息をついた。

「海なのはわかってますけど」

「もしかして、海が怖いのか？」

からかうように問い返されて、七海は反射的に首を左右に振った。

「違います！　ぼくは海が怖いわけじゃありません。名前だって、七つの海と書くぐらいですから」

むきになって答えると、皇子がにっこりと極上の笑みを見せる。

まともにそれを見てしまった七海は、どきりと心臓を高鳴らせた。

「そうか、おまえの名前は七つの海という意味か。しかし、そうやってむきになるところは、本当に可愛いな」

不意打ちのように褒められて、七海は思わず赤くなった。

皇子は目を細め、ふわりと肩を抱き寄せてくる。

「ここから船で沖に出る。おまえに見せたいものは海の中だ」

「海の中……？」

七海は羞恥のあまり、そうくり返すのが精一杯だった。

おそらく四十度近くはある気温に、海から吹く風は湿気を含んでいる。だが、身体が熱いのは外気のせいだけではなかった。

案内されたのは小型の高速船だった。

船室の椅子に皇子と並んで腰を下ろすと、すぐに船が動き出す。混雑したエリアを抜けると、船は恐ろしくスピードを増し、ぐんぐん港から離れていった。

七海はその間ずっと、ムスタファ皇子に手を握られていた。

船には護衛の者たちも同乗しているのに、こんなところを見られていいのだろうか？

気になった七海は、そっと皇子に囁いた。

「あの……もう手を離してください」

「ん？　どうしてだ？」

「だって、護衛の方たちが……」

「ああ、気にするな。護衛官はプロ中のプロだ。こっちに注意を向けていても、俺たちがやっていることは視界に入っていない。なんだったら試してみるか？」

「え？　……やっ、駄目、です」

唇を近づけてきた皇子に、七海はとっさに顔をそむけた。

けれども、そんなささやかな抵抗では、皇子をはね除《の》けられない。七海は皇子の手でしっかりと顎を捕らえられて、向きを変えられた。今度は逃げる隙もなく、唇を塞がれてしまう。

「んんっ、……ん、く……っ」

七海は必死にもがいたが、キスからは逃れられなかった。

皇子は七海の頬を大きな手で挟み、好き放題に口づけてくる。

強引に舌まで入れられて、七海は陥落するしかなかった。

「んぅ……ふ、……っ」

抵抗しようと思うのに、舌を絡められ、しっとり吸い上げられると、身体の芯がじわりと熱くなる。

キスの甘さと気持ちよさだけがすべてで、他のことはどうでもよくなってしまうのに、さほどの時間はかからなかった。

「……ん、ふっ……」

口づけを解かれ、七海はとろんとした目で皇子を見つめた。

「やっと素直になったな。それでいい。いつもそういう目で俺を見てろ」

皇子の満足げな声で、七海はようやく我に戻った。

ほんの少し口づけられただけなのに、どうしてこんなふうになってしまうのか。

自分の身体が自分のものではないようだ。

日本へ帰してもらえるように頼むつもりだったのに、こんな場所まで連れ出されたあげく、キスまでされて……。

強硬に抗議できない優柔不断な自分がいやになる。

「着いたようだな」

皇子は七海の葛藤《かっとう》など知るよしもなく、短く言って席を立つ。

いつの間にかエンジン音がやみ、ボートの揺れも収まっていた。

だが、皇子に続いて立ち上がろうとした七海は、足にまったく力が入らず、よろけてしまった。

横からすかさず皇子の手で支えられる。

「今のキスで腰が抜けたか？　歩けないなら抱いていってやるが？」

からかい気味の声をかけられ、さらに羞恥が増した。

「じ、自分で歩けます……っ！」

必死に言い募った七海に、皇子はくくくっとおかしげに忍び笑いを漏らすだけだった。

†

そこは真っ青な海の中に浮かぶ小島だった。飛行機からも見えた、五つの島のうちのひとつだ。

しかし島とは言っても、白っぽい岩肌が剥き出しになった部分が多く、背の高い樹木は生えていない。下草がまばらに分布しているだけの場所だ。

小さな桟橋から石段を上っていくと、近代的な平屋の建物が建っていた。

長方形の白い箱をいくつか伏せてあるだけといった造りで、装飾の類《たぐい》はほとんどない。まるで何かの研究所のようだ。

「殿下、ようこそお出《い》でくださいました」

中からスーツを着て頭にゴトラを被った男が何人か、皇子を迎えに現れる。

「頼んだものは用意できているか？」

「はっ、いつでもご覧いただけるように、準備しております」

「ご苦労」

皇子はかしこまった男に短く声をかける。そのあと七海を振り返って手を差し出してきた。

「さあ、ナナミ。こっちだ」

七海は皇子の手には気づかぬふりを装い、しっかりと歩を進めた。

足をふらつかせると、また恥ずかしいことを言われてしまう。

皇子は七海が示した小さな抵抗に、くすりと忍び笑いを漏らす。それでも、無理に身体に触れてくることはなかった。

建物の中に入ると、エアコンがしっかりと効いている。

明るい場所からいきなり屋内に移り目眩《めまい》がしそうだったが、七海は懸命に平気なふりを装った。

「どうぞ、エレベーターにお乗りください」

男のひとりがそう言って、皇子と七海をエレベーターに乗せる。

そして、ウィンとかすかな音とともに、エレベーターが急降下を始めた。

しかし、そのエレベーターが到着したのは、意外なほど狭いフロアだった。

ドアがふたつだけ見え、そのうちのひとつが自動的に開く。その向こうにあったのは、動く歩道だった。

皇子とともに歩を進め、七海はすぐに目を見開いた。

動き始めた歩道は、海底に造られたトンネルだったのだ。

左右の壁と天井、すべてが強化ガラスで、魚が群れを成して泳いでいるのが見える。

「すごい」

神秘的な光景に、七海は思わず感嘆の声を上げた。

三百六十度大パノラマの水族館に来ているかのようだ。

自分に見せたかったのは、この光景なのだろうかと、七海は隣の皇子に目をやった。

「気に入ったか？　ここは海水淡水化プラントの一部だ。これからその心臓部に向かう」

優しく見つめ返してくる皇子は、強引なだけの男ではない。

そう感じたとたん、何故か心臓がドキドキと高鳴った。

動くエレベーターが到着した場所は、本当に巨大なプラントだった。海底に太いパイプがいくつも見え、そのまわりにも魚がたくさん泳ぎまわっている。

案内されたのは、テーブルと椅子がずらりと並んだ会議室だったが、壁の覆いが引き上げられると、再び海の底の景色が広がった。

「ナナミに、あれを見せてやってくれ」

「は、かしこまりました、殿下」

皇子の命令で、男たちが何やら一生懸命に準備を始める。

椅子に腰かけた皇子にそう言われ、七海は天井から吊《つ》り下げられたプロジェクターに注意を向けた。

「プロジェクターを見ていろ」

何が始まるのだろうと思っていると、画面がいきなり海の景色に変わる。

そうして見せられたのは、皇子が語っていた新規プロジェクトを紹介する動画だった。

淡水化プラントがどういうふうに稼働しているかに始まり、プラントの上部に建設されるモールの立体画像、一流店が並んだモールの様子などが、次から次へと映し出される。

七海はいつの間にか、夢中になっていた。

海に浮かんだモールは、まるで夢の世界だ。モールは海底まで続き、先ほど見せられたのと同じで、水族館も併設している。他にも色々なイベントスペースがあって、あらゆる世代の人間が楽しめるようになっていた。

「ナナミ、これからホテルのプランをいくつか見せよう」

「ホテルの?」

皇子の言葉で、七海はようやくKURAHASHIのことを思い出した。

KURAHASHIが進出を狙っている、ホテル部門のプランだ。

贅沢なスペースを持つ客室に、広々としたロビー。格調高いレストラン。映し出されたのは、

現在のＫＵＲＡＨＡＳＨＩが持つ技術とサービスの粋《すい》を集めたかのような画像だった。

しかし、七海はなんとなく違和感を覚えてしまった。今まで見せられた夢のある世界に比べると、高級ホテルの画像はどこか物足りなく感じてしまう。

「殿下、これはＫＵＲＡＨＡＳＨＩの計画、ですよね？」

「ああ、そうだ。シュンスケから提出されたプランを基に、急いで動画を作らせた」

皇子の言葉に七海は小首を傾げた。

「もしかして、今までのも全部、新しく作った動画なのですか？」

「ああ、そうだ。おまえに見せてやろうと思って、作らせた」

あっさり種明かしをされ、七海は言葉に詰まった。

まさかとは思うが、皇子は自分のためだけに、わざわざ動画を作らせたのだろうか？

「殿下……」

「ナナミ、何か意見があるなら言ってみろ。おまえ、最初は喜んでいたくせに、ホテルの動画は気に入らなかったようだな」

「えっ、どうしてそんな……」

あっさり見抜かれて、七海は少なからず狼狽《ろうばい》した。皇子がこんなに勘がいいとは思わなかった。

「この海底のプラントに直結するホテルだ。おまえなら、どういうホテルがいい？　何か意見があるなら、遠慮なく言ってみろ」

再度促され、七海は恐る恐る口を開いた。

「あの、ＫＵＲＡＨＡＳＨＩのプランは素晴らしいと思います。でも、ぼくの個人的な意見としては、どうせならこの海の立地を最大限に生かしたほうがいいような気がします」

「たとえば？」

「そうですね、たとえば……」

七海はそこで一度言葉を切り、まぶたを閉じた。

浮かんだのはベッドで眠った体勢でも、天井で魚が泳いでいるところが見えるといった光景だった。

ホテルの部屋を海中に造るのは無理だろうか？

強度やセキュリティーなど、様々な問題が山積みとなるだろう。それでも、寝ている時にも魚が見えたら、すごく楽しいと思う。

他にも、様々なプランが浮かぶ。

そして、七海はその夢のようなプランを皇子に伝えた。

最初は遠慮がちに、そして皇子が興味を示してくれると、あとはもう夢中になって頭に浮かんだ事柄をしゃべり続けたのだ。

ひととおりの説明を終え、七海は急に羞恥に駆られた。

「あの……すみません。子供みたいに……」

頬を赤くして謝ると、皇子は優しく見つめてくる。

「謝る必要はない。おまえのプランはなかなか興味深いものだった」

皇子はそこでいったん言葉を切り、すっと手を伸ばしてきた。

頬に触れられると、ますます恥ずかしさが増す。条件反射のようにドキドキと胸が高鳴った。

「ナナミ、おまえは、俺のことが嫌いか?」

「え……」

唐突に話題を変えられて、七海は困惑した。

「俺のことがいやでたまらないから、日本に帰りたいのか?」

青い瞳で真摯に見つめられ、息をするのも苦しくなる。

皇子が嫌いなわけじゃない。

強引な真似ばかりされたけれど、皇子を嫌いになることはできなかった。

「ぼくは……殿下が嫌いというわけでは……」

七海は辛うじて、そう口にした。

とたんに、皇子の端整な面に、きれいな笑みが浮かぶ。

「それなら、ナナミ。アリダードに残ってくれ。そして、モールの計画におまえも参加してくれないか?」

あまりにも思いがけない言葉に、七海は目を見開いた。

皇子の瞳は真剣で、嘘や冗談でないことは、よくわかった。

胸にじわりと嬉しさが込み上げてくる。夢の計画に参加してほしいと言われ、嬉しくないはずがなかった。

それでも、今の七海には簡単に決断など下せない内容だ。

「ぼくは……まだ、学生で……それに、倉橋の家にも……」

言葉を途切れさせると、皇子は怒ったようにたたみかけてきた。

「家のことが問題なのか？　それなら、どんな手を使ってでも、おまえを貰い受ける。シュンスケにそう交渉すればいいだろう」

「そんな……」

「どれだけ対価がかかろうとかまわん。おまえをよこすなら、KURAHASHIには特別な便宜を図ってやってもいい。だから、ナナミ。おまえは俺のもとに残れ。いいな？」

力強く命じられ、七海の胸は歓喜でいっぱいになった。

けれども、それは一瞬のことだった。何故か、喜びのあとから、ひたひたと悲しみが湧いてくる。

皇子はなんのために自分をそばに置こうというのだろう？

それに皇子は、どれだけ対価がかかってもかまわないという言い方をした。

欲しいと思うから対価を払う。

でも、それは、七海がお金で売り買いできるものだと思われているのと同じだった。

「ナナミ、どうした？　何をそう考え込んでいる？」

皇子はそっと七海を抱き寄せ、優しく訊ねてくるが、いったん沈み込んだ気持ちはなかなか浮上しなかった。

6

自分はどうしてこうも優柔不断なのだろうか……。

久しぶりにスーツを着た七海は、鏡に映る細いばかりの姿を見て、ほうっと息をついた。

鏡の隅には棚に載せた金の鳥籠も映っており、金糸雀が澄んだ声を響かせている。

昨日は思いがけず、ムスタファ皇子からアリダード王国に残るように言われた。いや、日本に帰さないとはこれまでも言われていたが、今回は内容が大きく違っている。

海水淡水化プラントに付随して行われるショッピングモール建設計画——そのホテル部門を手伝うように言われたのだ。

新しいホテルを一から立ち上げる。それは、自分でもホテル経営がしたいと思っている七海にとって、このうえなく魅力のある誘いだった。

だが、最初にアリダードへ来ることになったきっかけが、そもそも間違っている。それに、皇子とは身体の関係まで結んでしまっているのだ。

「ナナミ、用意はできたか？　スタッフが揃ったようだから行くぞ」

そう声をかけて近づいてきたのはムスタファ皇子だった。

振り返った七海は思わず目を見開いた。

長身の皇子はいつもの民族衣装ではなく、すっきりとしたスーツ姿だ。精悍な顔と引き締まった体軀《たいく》を誇る皇子には、上質のスーツがよく似合っていた。

蕩けるような笑みを浮かべて見つめられると、自然と頰が染まってしまう。

「殿下……」

吐息をつくように答えると、皇子はさりげなく七海の肩に手を伸ばしてきた。

「ナナミ、いい加減にその堅苦しい呼び方はやめろ。俺のことはムスタファと呼べばいい」

「そんな……無理です」

七海は慌てて首を左右に振った。

皇子は不満げに眉をひそめたが、呼び捨てにするような真似はできない。

「単に名前を呼ぶだけだ。簡単だろう?」

「だって、殿下は王族で……ぼくは一般人ですから」

「昨夜も親密な関係を結んだばかりなのに、つれないな」

思わせぶりな言葉とともに、人差し指でそっと頰をなぞられる。

七海は身の置き所がなくなって、端整な顔から視線をそらした。

確かに、昨夜も雰囲気に流されるように抱かれてしまった。

皇子に触れられると、何故か抵抗できなくなる。でも、皇子に抱かれることにも、この国に残ることにも、まだ自分の気持ちの整理はついていない。

「あれだけ抱いてやったのに、おまえはまだ自分の殻を被ったままだな。おまえはいつになったら、俺に本心を見せる？」

「ぼくの本心……？」

「ああ、そうだ。おまえの偽りない本心だ」

「それなら何度もお伝えしました。ぼくを日本に帰してくださいと」

「だから、それは許可しないと言っただろう」

「そんな……」

あまりに勝手な言い方に、七海は困惑をとおり越し、怒りすら覚えた。

顔を上げ、キッと皇子を睨む。

だが、皇子は意外にも、にっこりとした笑みを見せただけだ。

「そうだ。その顔だ。ベッドの中だけじゃなく、俺には常にそうやって本心を見せろ」

「ひどいです。帰りたいという言葉には耳を貸してくださらないのに」

「ああ、耳を貸す気はない。それがおまえの本心だとは思えないからな」

あっさり言い切られ、七海はますます苛立ちを煽られた。

「どうして、そんなことが言い切れるんですか？」

「どうしてだと？　おまえがあくまで自分の気持ちを偽るなら、このままベッドに連れていって、おまえの頭ではなく身体のほうに、とことん問い詰めてやってもいいが」

にやりと笑みを深めた皇子に、七海は我知らず頬を赤らめながら後じさった。それを許さないとばかり、皇子はぐいっと七海の肩を抱き寄せる。

人差し指で顎まで持ち上げられて、七海はどこにも逃げようがなくなった。

「……っ」

「そうやって怯えた顔もそそるな。だが、今は許してやろう。わざわざ呼びつけた者たちを長時間は待たせられない。さあ、行くぞ」

言葉とともに顎の下から指を外され、七海はほっと息をついた。

だが皇子は、七海を全面的に解放したわけではなく、肩にあった手が腰にまわされただけだった。

皇子のエスコートに従って歩を進めながら、七海は内心で再び大きくため息をついた。

†

離宮内にある会議室には、二十人ほどの男たちが集まっていた。

二十代後半から五十代ぐらいまで。全身が民族衣装の者、頭のみゴトラをつけている者、そしてスーツ姿の者、それに金髪や茶髪の外国人も交じっていた。

離宮内なので、会議室というより豪華なリビングルームといった雰囲気の部屋だ。

男たちが囲んでいるのは大きな楕円形のテーブルだが、まわりにはゆったり寛《くつろ》げるソファなども配置されている。会議だと意識できるのは、出席者がテーブル上にそれぞれＰＣやタブレットを置いているからだ。

皇子は真ん中の席にゆったりと腰を下ろし、七海もその隣に座らせる。

とたんに出席者の視線が集中し、緊張の度合いが高まった。

昨日、海水淡水化プラントで、思いついたままを口にしてしまった。ムスタファ皇子は、さっそくそれを現実のものとすべく、こうしてスタッフを招集したのだ。

呼び出されたスタッフは当然のごとく疑問を持っただろう。

ムスタファ皇子はゆっくりと出席者を見渡した。

「集まってもらって、ご苦労だった。今日は新設のホテルについて、検討してもらいたいことがある。ここにいるのはナナミ・クラハシ。事業参加が決定しているＫＵＲＡＨＡＳＨＩの者だ。ＫＵＲＡＨＡＳＨＩからはすでにホテル建設のプランが提出されているが、彼は少し違うアイディアを持っている。まだ思いついただけという段階だが、今日はそのプランを諸君に聞いてもらい、実現が可能かどうか、各方面からの所見を貰いたい」

皇子の話に、一同はしんと静まり返った。

英語を使っているのは、七海だけではなく、他にも外国人の出席者がいるためだろう。

しかし席についた者たちは、皆一様に、困惑が隠しきれない様子を見せた。

今日は皇子に贈られたスーツを着ているが、七海は華奢《きゃしゃ》な体格で、さらに顔にも幼さが残っている。なので、へたをすれば高校生ぐらいにしか見えないはずだ。

そんな七海の思いつきを検討するなど、重要なポストに就いているビジネスエリートたちには、信じられない事態だろう。

しかし、彼らはすぐに最初の困惑を乗り越え、真剣な顔つきになる。

「殿下のお言葉、しかと承りました。それで、そのアイディアというのは、どのようなものですか？」

スタッフの代表らしき男が、さっそく訊ねてくる。

七海は息もまともに吸えないくらい緊張した。とりとめもなく口にしたことなのに、それをしっかりしたアイディアとして発表しなければならないのだ。

掌《てのひら》にじわりと汗も滲んでくるが、最初の言葉さえ何も思い浮かばなかった。

「ナナミ、そう硬くなるな。昨日、俺に教えてくれたとおりのことを言えばいい」

「……は、い……」

「さあ、こうして俺が手を握っていてやるから」

皇子はそう言って、七海の手を握ってくる。

大勢の人目があるのに、まったく気にしていない様子の皇子に、七海は気が気ではなかった。

でも皇子に握られた手に注意が向いたお陰か、少しは緊張が解ける。

いずれにしても、ここまで来て逃げ出すわけにはいかない。

「ナナミ・クラハシといいます。……あ、あの……、ぼくはまだ学生の身で、ホテルのことは何もわからない状態です。専門的な知識もありません」

七海はそこまで言って、ほっと息を継いだ。

ちらりと隣に目を向けると、皇子が励ますように見つめてくる。

青い瞳と視線が合っただけで、不思議と気持ちが落ち着いてきた。

七海は皇子に応えるように頷いて、それから真っ直ぐ前を向いた。

「昨日、動画を見せていただきました。ホテルは高級な感じで、王国の名に恥じぬ格調もあって、とても素晴らしいと思いました。でも、ぼくはふと思ったのです。せっかく海上に建設されるホテルなら、もっと海の魅力と直結していてもいいのではないかと……。例えば、海底に客室を造って、窓から泳いでいる魚が見えるとか……それに部屋自体が潜水艇だったら、ベッドで寝転がっている状態でも魚が見える。それって、どんなに素敵だろうかとか……、ぼくが思いついたのは、子供が夢見るようなものです」

七海は懸命に言葉を連ねた。

英語でスピーチをすることなど今まで経験がない。それでも自分が感じたことを丁寧に説明した。

驚いたのは、七海の話を誰ひとり笑わなかったことだ。

もちろんムスタファ皇子の手前もあってのことだろう。しかし、もし日本のKURAHASH

Iで同じことを話したら、一笑に付されてしまうのは確実だった。

七海の話を聞いた出席者は、すぐに意見を戦わせ始める。

「アイディアは悪くないが、予算が問題だ。海底に客室を造るとなると、おそらくホテル部門だけでも、現在の予算の三倍、いや十倍はかかるかもしれない」

民族衣装に髭をたっぷり蓄えた男がそう口火を切る。

それに茶色の頭を左右に振ったのは、眼鏡をかけた五十代の外国人だ。

「いや、予算よりも、まずは強度の問題だろう」

「いや、彼のアイディアを採用するなら、キューブ状の客室を造ればいい。実際に今現在も強化ガラスを使ったトンネル状の廊下はあるのだ。技術的には不可能ではない」

口を挟んできたのは、金髪の若い男だった。出席者の中では一番カジュアルな装いだが、意外にも専門は技術畑らしい。

「そうか、キューブ状の客室を造り、それをエレベーターで沈めればいいな」

「しかし、海底にそんなものを沈めて、ルーム・サービスはどうするのだ？　客から注文があるたびに、そのキューブを浮上させるのか？」

「そうだな。そこは考える必要がある」

二十人ほど揃った男たちは、それぞれ専門が違うようだ。建築家、そして科学者もいれば、ホテル事業の専門家もいるといった状態で、しかもひとりひとりが、その道でのエキスパートといった印象だった。

皇子は熱心に話し合っている男たちを、満足げな顔で見守っている。

しかし七海は、熱意に溢れる様子を見て、逆に怖くなってきた。

専門的な知識もない自分が、思いつきを口にしただけだ。それなのに、ここにいる専門家たちは、こんなにも真剣に検討を始めているのだ。

七海はいたたまれない思いで、隣にいる皇子を見つめた。

「どうしたナナミ？　おまえのアイディアだ。何か意見があるなら言ってみろ。ここに集めたスタッフは皆、一流と言われる者たちだ。科学者から技術者、それにプラント全体のデザインを考える責任者もいる。今回のプロジェクトには欠かせない者たちだ」

皇子はやわらかく言ったが、七海はますます萎縮《いしゅく》するだけだった。

やはり、予想は間違っていなかった。ここにいる者で場違いな若造は、自分ひとりだけだ。

もし自分に少しでも専門的な知識があって、このアイディアを出せたのだとしたら、これほど恐ろしい思いをすることもなかっただろう。しかし現実には、ただただ恥ずかしいだけだ。

皇子が七海の思いつきを取り上げてくれたのは、別に才能を見出されてのことではない。モールの計画に参加してくれと言われ、舞い上がってしまった。でも、よくよく考えれば、それは自分をアリダードに残すためのご機嫌取りにすぎないのだ。

ムスタファ皇子があまりにも規格外の人間だから、こうしてどんどん思いがけない事態になっているだけで……。

「ナナミ、どうした？　もしかして、疲れが出たか？」

「あ、……いいえ……」

七海はゆっくり首を左右に振った。

だが皇子はさらに心配そうに、七海の顔を覗き込んでくる。

「顔色が悪い。やはり、疲れが出たのだろう。部屋まで送っていこう。おまえには休息が必要なようだ」

そう言われた七海はふうっと息をついた。

これ以上、自分がこの場にいても、役に立つことは何もない。

「それでは、失礼していいですか？」

「ああ」

「でも、ぼく、ひとりで帰れますから……」

七海は遠慮がちに言ったが、皇子にはすかさず拒否される。

「いや、おまえを連れてきたのは俺だ。だから、俺が連れて帰る」

皇子はそう断言し、すっと席を立った。

「諸君、悪いが俺は中座する。諸君はこのまま話を続けてくれ。要点をまとめてくれれば、あとで目をとおす」

「かしこまりました、殿下。それでは、のちほどレポートをお届けしておきます」

「ああ、頼む。……さあ、ナナミ」

スタッフとの話を終えた皇子は、七海の腕を取って立ち上がらせる。

七海はそれ以上口を挟む隙もなく、再び皇子にエスコートされて部屋に戻ることになってしまったのだ。

†

皇子に連れられて部屋に向かう間、七海はずっと考え続けていた。

やはり、このままではいられない。

今度こそ、何があっても日本に帰ると告げるべきだ。

「ナナミ、さっきから黙ったままだが、本当に身体の調子が悪いのか？　おまえはまだアリダードの気候に慣れていない。それに昨夜も無理をさせた。気分が悪いなら医者を呼ぶが」

部屋に戻ってすぐに、皇子がそう訊ねてくる。

七海は心配そうな皇子を見上げ、ゆるく首を振った。

「気分は悪くありません。でも、お話があります。ぼくを日本に帰してください」

硬い声で言ったとたん、優しかった皇子の表情が強ばる。

七海は背筋がひやりとなる思いだったが、それでも今度こそ絶対にあとへは退かないつもりで、皇子の青い瞳を見つめ続けた。

「またその話か……おまえは絶対に帰さないと言ったはずだ」

冷ややかな声が耳に突き刺さり、七海はぎくりとなった。

それでも、ここで頑張らなければ、同じことのくり返しだ。

「ぼくがアリダードに残っても、できることは何もありません。今日皆さんのお話を聞いて、それがよくわかりました」

胸がぎりぎりと絞られたように痛みを訴える。

帰りたいと口に出すたびに、本当はそれが嘘だと思い知らされるからだ。

目の前に立つ精悍で傲慢な皇子を知って、まださほど日は経っていなかった。

最初の出会いでいきなり甘くキスされて、その日の夜には、思わぬなりゆきで抱かれることになった。

七海は逃げるに逃げられない状態だった。でも、皇子は優しい気遣いも忘れなかったのだ。

身体の関係を結んだのは、自分から望んだことではない。

でも、七海は皇子自身をいやだと感じたことは一度もなかった。

むしろ身体を開かれ、奥深くまで逞しい皇子を受け入れて、死にそうなほどの悦《よろこ》びを覚えさせられて……。

だけど、この関係はあくまで一時的なものだ。永久に続くわけじゃない。皇子が自分に興味を示している間だけ。他に面白いものが見つかれば、皇子はきっとそちらへ行ってしまう。

そうして、今の自分にしたように、他の誰かを熱心に口説くのだろう。

——おまえを気に入った。だから、俺のそばに置く。

甘い囁きが聞こえた気がして、七海の気持ちはますます沈んだ。

自分は日本に帰ると言いながら、本当は帰りたくないと思っているのかもしれない。

この魅力的な皇子のそばで、ずっと過ごしていたいと……そう思っている。

でもムスタファ皇子は、七海自身を愛しているわけではない。会社の利益のためなら、身を売ることも平気な人間だと思っている。

皇子のことは決して嫌いじゃない。むしろ、好きなのだと思う。

七海はそこまで思って、ずきりとひときわ強い胸の痛みに襲われた。

好き？

ムスタファ皇子のことが？

皇子は青い瞳で鋭く見つめてくる。

すると七海の胸には、痛みとは違う熱い疼きが生まれてきた。

苦しいのに、この痛みも疼きも愛《いと》おしく感じる。

ハレムの寵姫のように扱われ、いやだと思ったのは、皇子のことをいつの間にか好きになっていたからだ。

優しく甘やかされることに反発を覚えるのは、いつかこの関係に終わりが来るから……。

一国の皇子がいつまでも独身でいられるわけがない。皇子はいつか結婚し、遠い人になってしまう。

それに思い至った瞬間、胸の苦しさが最高潮になる。

七海は思わず泣いてしまいそうだった。

今になって、ムスタファ皇子を好きだと気づくなんて、ひどすぎる。

甘い囁きを受け入れられなかったのは、この関係が一時的なものだとわかっていたからだ。

好きだからこそ、そばにいることができなくなる未来が耐えられない。

そして皇子を好きだからこそ、最初の誤った関係を引きずるのがいやだったのだ。

皇子は長い間、無言だった。

沈黙を保ち、七海の本心を見透かすように、じっと見つめてくるだけだ。

七海は挫《くじ》けそうになる己を叱咤して、再度口にした。

「ぼくは日本に帰ります。帰してください。お願いです」

今すぐ皇子のそばから離れないと、自分は二度と立ち直れなくなってしまう。

今ならまだ間に合うはずだ。

これ以上皇子を好きになる前に離れないと、本当に駄目になってしまう。

「ナナミ、おまえは帰さない。何度もそう言ったはず」

「でも……お願いです」

七海は涙を滲ませながら、懇願した。

皇子はひときわ冷たい顔で、七海の肩をつかんでくる。

びくりとすくむと、皇子はひたりと眉をひそめた。

「そんなに俺のことが嫌いか？」

そう訊ねられ、七海は思わず首を左右に振った。

「嫌いとか……そういうことではないんです」

「嫌いじゃないなら、ここにいればいい」

「でも、ぼくはここにいても何もできない……そんなの、いやだ」

七海は辛うじて言い募った。

そばにいると苦しいだけ。だから、まだ間に合ううちに逃げ出したい。

自分は臆病《おくびょう》者だ。

それでも、本心を明かすわけにはいかなかった。本当の気持ちを打ち明けたら、もっと立ち直れなくなってしまう。

「欲しいものはなんでも与える。やりたいことがあるなら、それも許可する。おまえなら、どんな我が儘を言ってもいい。許す。それでも駄目か？」

「殿下……」

「おまえが興味を持っているようだったから、今日のスタッフも集めた。ホテルの仕事がしたいなら、それも許可する。知識が足りないと思うなら、おまえに相応しい教師も選んでやる」

なんでも好きなようにしろ。

そう言ってもらえるのは嬉しいことだ。

それでも、今の七海には皇子の提案を受け入れることはできなかった。

黙って首を左右に振ると、皇子は苛立たしげに肩を揺すってくる。

「ナナミ、答えろ。おまえは何故トーキョーへ帰りたいんだ？　クラハシの家は、おまえを大事にしているようには見えない。そんなところに帰るぐらいなら、アリダードにいればいい」

どこまでいっても会話は平行線をたどるだけだった。

皇子に本心は明かせない。そして皇子のほうも、七海に対する執着は見せても、要求を受け入れる気は微塵《みじん》もないのだ。

その時、ふいに隣室から電子音が響いてきた。

無粋な音に、皇子は何事かというように眉をひそめて七海から視線をそらした。

その一瞬の隙に、七海は皇子の手から逃れて走り出した。

電子音は自分の端末から発している。この音は、新開からの着信だった。

七海は寝室に駆け込んで、焦り気味にトートバッグを探った。

「新開？」

『おお、七海か。やっと出たな。おまえ、いつ日本に帰ってくるんだ？』

呼び出し音が途切れる前に出ることができて、七海はほっと息をついた。

聞こえてきた懐かしく頼もしい声にも、思わず涙ぐんでしまいそうになる。

アリダードに来てから何度かメールを貰っていたが、元気にしていると返事をしただけだった。勘のいい新開のことだ。七海が何か悩んでいると察したのだろう。

「新開、ぼ、ぼくは……」

『なんだ、おまえ、もしかしてホームシックで泣いてるのか？　声が上ずってるぞ。そんなに寂しいなら、ブラックKURAHASHIのバイトなんか放って、早く日本に帰ってこいよ。おまえはまだ正式な社員でもないんだ。無理やり外国に行かせるとか、最初からおかしいんだよ。一族のために尽くすとか、そんな時代がかったやり方なんか、今時流行《はや》んねぇよ。だから、さっさと帰ってこいよ』

「うん……ほんとにそうだね」

温かな声に、七海はとうとう涙を溢れさせた。

弱っている時に、友人の温かな励ましは心に染みる。

『勝手に帰国して、おまえの立場が悪くなるなら、本気であの家から独立すればいいんだ。俺もできるだけのことはしてやるよ。学費は奨学金の申請をすればいいし、足りない分はもっとましなバイトを探せばいい。だから、な?』

「うん、ぼく、日本に…」

七海がそこまで言った時だった。

ふいに端末が取り上げられてしまう。

ムスタファ皇子だった。しかも皇子は断りもなく、電源をオフにする。

「あ……っ!」

七海は思わず皇子を睨みながら手を伸ばした。

端末を取り戻そうとしたのだが、皇子は無情にも、それを遠くに投げ飛ばしてしまう。

「何をするんですか? 新開としゃべってたのに!」

抗議した七海に、ムスタファ皇子は冷酷な表情を見せた。元が完璧に整っているだけに、ぞくりとするほど恐ろしく感じる。

「おまえが帰国したいのは、シンカイとかいう友人のためか? 彼が恋しくて里心がついたのか?」

「そんな……」

七海はそれきりで言葉を失った。

新開との関係を誤解されるなんて、とんでもない話だ。

キッと眉をひそめると、皇子は逆ににやりとした笑みを見せる。

「どうした？」

「新開は友人です。ぼくが帰国したいのは、彼のためというわけじゃありません。邪推しないでください」

「そうか。違うと言うなら、その証《あかし》を見せてもらおうか。いずれにしても、おまえにはもっと躾が必要だ。何度も言い聞かせてやったのに、おまえはいまだに俺に逆らう。ナナミ、しっかり教えてやろう。おまえが誰のものか」

いやな予感に、七海はさっと向きを変えた。

だが、とっさに逃げ出そうとしたのを、皇子の手で阻まれる。

ぐいっと手首をつかまれて、七海は思わず呻き声を上げた。

「やっ、痛い……っ！　は、離してください」

「駄目だ」

皇子は冷たく言って、七海を強引に引き寄せる。そして、そのまま軽々と七海を抱き上げ、そばにあったベッドの上に放り出した。

天蓋《てんがい》のついた豪奢なベッドには、上から斜めに薄い布が吊るされている。そばに置かれた紫檀《したん》のサイドテーブルには白い陶器の皿で香が焚かれ、あたりに甘くエキゾチックな匂いが漂っていた。

皇子は七海を片手で押さえたまま、ベッドヘッドの裏に設置してあるインターホンを押す。

「アサド、香油を持ってこい」

短く命じた皇子を、七海は唇を震わせながら見上げた。

皇子は何をしようというのか……。

頭上で両手をまとめて押さえられていては、逃げる隙さえなかった。

「………」

皇子は何も言わず、上からじっと見つめてくるだけだ。沈黙を守られると、かえって恐ろしく感じる。

けれども、いくらも経たないうちに、かすかな足音とともにアサドが入ってきた。

侍従には、皇子との関係をとっくに知られている。でも、こんなふうにあからさまな格好を見られるのは恥ずかしい。

七海は懸命に身体をよじったが、皇子の腕はびくともしなかった。

「お待たせいたしました。こちらにご用意いたしております」

アサドは、七海のことは視界に入らないかのようにベッドまで近づき、香を焚いている皿の横に、真鍮《しんちゅう》製の蓋つきの小鉢を置いた。

七海は助けを求めたかったが、老侍従は声をかける隙さえ見せず、一礼してすぐに部屋から出ていく。

再びふたりきりになって、七海は傲慢な支配者に不安な眼差しを向けた。

「な、何をする気ですか？　もう、ぼくはこんなこと、したくない。離してください」

「だから、おまえが素直になるように躾《しつ》けてやる」

七海はますますいやな予感に襲われた。

先ほどから皇子はにこりともしない。いくら七海が逆らったからといっても、ここまで不機嫌な顔は今まで一度も見たことがなかった。

「……殿下……」

震える声で呼びかけると、皇子はふっと口元をゆるめる。

その表情が何故か一瞬寂しげに見え、七海はどきりとなった。

しかし、皇子は乱暴に七海の上体を起こし、上着に手をかけてくる。

「やっ、いやだ！」

七海は押し殺した声を上げながら、必死に両手を振りまわした。

けれど皇子は暴れる七海をものともせずに、上着を奪ってしまう。次にはスラックスも簡単に脱がされて、七海はあっという間に無防備な姿をさらすこととなった。

せめてシャツだけは奪われまいと、必死に抗うが、それも無駄だった。

苛立った皇子は、ビリッとボタンを飛ばす勢いで、シャツを左右にはだける。

「大人しくしてろ」

鋭い声とともに、七海は両手を開いた状態で再びベッドに押しつけられた。

「や、やめてください。こんなことをして、なんになるんですか？」

半裸にさせられた七海は、それでも懸命に懇願した。

「何になるだと？　おまえが誰のものか、この身体にわからせてやる。おまえが素直に、俺に縋りついてくるまで、徹底して可愛がってやる」

冷ややかに吐き捨てた皇子は、抗う七海の両手を束ねて簡単に押さえつけた。

そして空いた手で、露出した肌をいやらしく撫でまわし始める。

「あ……っ」

七海はくぐもった声を上げながら、腰をよじった。

触れられた肌が瞬く間に熱くなっていく。

出会ってからまださほど日が経っていないのに、すでに何度も抱かれた。今では皇子の手で触れられただけで、身体が自然と反応する。

「おまえの肌は本当に触り心地がいい。特にここが可愛らしいな」

皇子は含み笑うように言いながら、さらに七海の素肌をなぞった。きゅっとつまみ上げられたのは胸の突起だ。

「あぁっ」

たったそれだけの刺激で、下肢までびくりと反応してしまう。

下着の中でむくりと中心が勃ち上がっていくのがわかり、七海はさらに羞恥に駆られた。

「いい反応だ」

皇子はそっと囁きながら、下着を押し上げているものにも手を伸ばしてきた。

上から包み込まれただけで、ひときわ強い快感に襲われる。

「ううっ」

「いいぞ、ナナミ。いつもそういう顔をしていればいい」

皇子はそう言って、本格的な愛撫に移った。

もう両手は自由になったのに、皇子を押しのける力が出ない。それをいいことに、皇子は簡単に下着まで下ろしてしまった。

「や、あ……っ、うぅ」

剥き出しになった中心をやんわりと直に揉みしだかれる。

それと同時に、乳首もつままれると、どうしようもなく高まってしまう。

いやらしく乳首を尖《とが》らせ、皇子の手にあるものの先端から蜜まで滲ませている自分が死にそうなほど恥ずかしかったが、快感は抑えようがなかった。

「ああっ、や、あ……っ」

今にも達きそうになって、七海は淫らな声を上げながら腰をよじった。

皇子は上からじっと覗き込んでくる。

「もう我慢できなくなったか？　だが、今日は簡単には達かせない」

「な、何……？」

冷ややかな声に、七海は目を見開いた。

皇子はゆっくりネクタイを外している。

「すぐに達けないように、これで根元を縛ってやろう」

「やだ……っ、そ、そんなこと……っ」

何をされるか察した七海は大きく腰をよじった。けれど皇子の動きのほうが一瞬早く、張りつめた中心を捕らえられてしまう。

「いやだ……やめてっ、……ああっ」

硬く変化したものにぐるりとネクタイを巻かれ、七海は掠れた悲鳴を上げた。

達する寸前だったのに、きゅうっと全体を締めつけられてしまい、七海は苦しさに背を仰け反らせた。

「なかなかそそる格好だ。いやらしくていいぞ」

皇子はそんなことを言いながら、剝き出しの先端を指で押した。

ふるりと揺らされただけで、また新たな蜜が滲んでくる。

「いや……あぁ……」

こんなにされても、快感を抑えられない自分が本当に恥ずかしかった。

達したくてたまらない。でも、ネクタイを巻きつけられた状態では、欲望を吐き出せない。

なのに皇子は、さらにひどいことを考えていたのだ。

自らの下肢を寛げ、それから七海の上体を抱き起こす。

「ナナミ、口を開けて、俺のを咥えろ」

「い、やっ」

七海は必死に顔をそむけた。

けれども皇子は七海の顎をつかんで無理やり口を開けさせる。

そして逞しいものを強引に押しつけてきた。

「さあ、口を開けろ」

「やっ、んっ、んう……んっ、ぅ」

逆らうすべはなかった。

顎を押さえられ、容赦もなく逞しいものを喉奥まで突っ込まれる。

「うう……うっ、んんっ」

苦しさのあまり、涙がこぼれた。

こんなに乱暴に扱われるのは初めてだった。

「う、んんぅ、んんぅ、う」

皇子は逞しい腰を何度も突き入れ、そのたびに呻き声が出る。

なのに七海の中心は張りつめたままで、吐き出すことさえできない。

この行為を快感として受け止めている自分が、恥ずかしくてたまらなかった。

何度も激しく出し入れされているうちに、頭が朦朧《もうろう》としてくる。

「さあ、全部のみ込め」

激しく腰を動かしていた皇子は、ひときわ強く突き入れてきた。

次の瞬間、喉の奥に勢いよく、刺激の強い熱液が放たれる。

とても全部はのみ込めず、七海は口の端からだらりと皇子の欲望をこぼした。

「うっ……くぅ……はっ」

呼吸も整わずにむせていると、頬にそっと手が当てられて顔を上げさせられた。

「いい顔になった。それに、苦しいだけではなかったのだろう?」

皇子は嘲るように言いながら、七海の中心に視線を落とす。

意味ありげに、尖らせたままの乳首にも触れられ、七海は鋭く息をのんだ。

「くっ」

ぶるりと震えると、皇子は満足げな笑みを見せる。

「さあ、今度はおまえを気持ちよくさせてやろう。腰をこっちに向けてうつ伏せになれ」

「いやだ、そんな格好」

七海は激しく首を振った。

それでも許してもらえず、あっさり腰をつかまれて、後ろを向かされた。

「これは邪魔だな」

皇子はそう言って、足首に絡んでいた下着を取って、遠くに投げ捨てる。

それから、さらに大きく両足を開かされ、七海はますます羞恥に駆られた。

辛うじてシャツを羽織っているだけで、皇子に向けて高く尻を差し出すあられもない格好だ。

「お、お願い……ですから……っ」

七海は呻くように懇願した。

しかし、皇子は冷ややかなままで、少しも変わらない。

ここまで怒りをあらわにするのは、他でもない、自分が帰国すると言ったせいだ。

執着されている。

それ自体に嫌悪は感じないし、むしろ嬉しいぐらいだ。

しかし、こんなやり方は、やはり間違っていると思う。

「ナナミ、おまえには躾をすると言っただろう。まずはこれをたっぷり塗ってやろう」

「や、な……何？」

七海は恐怖を感じて振り返った。

皇子は七海の腰を押さえ、もう一方の手を両足の間に滑らせてくる。

「我が国で作られた特製の香油だ。しっかりと味わうがいい」

声とともに、つぷりと指先を埋め込まれる。

ねっとりとした指は、抵抗なく七海の後孔へと入ってきた。

「やっ、……あ、くっ」

異物で犯される感覚に、七海はくぐもった悲鳴を上げた。

だが、奥まで指を届かせた皇子は、そのままぐいっと回転を加えてくる。

「おまえはきっと、これが気に入る。そして、俺から離れられなくなる」

不吉な予告に、七海はぶるりと震えた。

しかし、その時、皇子の指を食《は》んだ場所で、びくりとおかしな疼きが生まれる。

「や、……っ」

七海は息をのんだが、それと同時にきゅっと皇子の指を締めつけてしまう。

とたんに、足先から頭まで突き抜けるような快感に襲われた。

「あっ……あ、ふぅ……っ」

「どうだ？　美味《うま》いか？」

皇子は七海の反応を見ながら、ゆっくり指を回転させる。

そのもどかしさに焦《じ》れ、七海はねだるように腰を揺らした。

「い、いやだ、な、何……これ……、やあ、……ぅぅ」

気持ちがよくてたまらなかった。

皇子の指で掻きまわされるのが、たまらなく気持ちいい。

だけど、指だけではとても満足できず、七海はいやらしく腰を振って皇子の愛撫を求めた。

「ずいぶん、淫らになるものだ」

「いや……っ、もっと、欲しい……っ、もっと……、ああっ」

もう自分でも何をしゃべっているのか、わからない。

塗り込められた香油は、おそらく媚薬《びやく》なのだろう。

そうじゃないと、こんな恐ろしいほど感じるはずがない。

それに、指だけではとても足りなかった。

もっともっと大きく逞しいもので、掻きまわしてもらわないと、おかしくなってしまいそうだ。

「どうした、ナナミ？　してほしいことがあれば遠慮はいらない。言ってみろ」

皇子は七海の耳に優しく吹き込む。

「や……欲しい……っ」

「何が欲しい？」

「……もっと、大きな……、あ、……」

「大きな、何だ？」

「で、殿下の……っ」

朦朧とした頭で、七海は必死にねだった。

前は痛いほど張りつめ、それでも欲望を吐き出せない。達したくてたまらないのに、決定的なものが足りなかった。

このままでは本当におかしくなってしまう。

七海は淫らに腰を揺らしながら、とうとう恥ずかしい欲求を口にした。

「い、入れて……っ、で、殿下の、を……っ、い、入れて……っ」

「そうか、俺のが欲しいのか?」

囁かれる言葉に、七海はこくこく頷いた。

「なら、もう帰国するとか言わないな?」

「や……」

頭はすでに快感に冒されて、まともな判断などつかなかった。

それでも最後の最後で、ためらってしまう。

すると皇子は思わせぶりに、逞しい熱塊を蕩けた場所に擦りつけてきた。

「欲しいのはこれだろう?」

「ほ、欲しい!」

すでに羞恥を感じる余裕もない。七海は激しく腰を揺らして催促した。

蕩けた場所に、この熱いものを入れてほしい。

そして、奥の奥まで貫いてほしい。

だけど皇子は灼熱を擦りつけて焦らすだけで、なかなか中には入れてくれない。

「日本に帰ると言うなら、これはお預けだ」

「やっ、……」

「欲しいなら、ちゃんと約束しろ。おまえはここに……ずっと俺のそばにいるんだ。日本には帰さない。いいな?」

甘い囁きとともに、ひときわいやらしく逞しいもので強く入り口を擦られる。

「い、いる……っ、か、帰らない……っ」

我知らずそう叫んだ瞬間、ようやく欲しかったものが蕩けた場所に侵入を開始した。

7

「……ナナミ……おまえを愛している……ナナミ……」

微睡《まどろ》みの中で誰かが優しく囁いていた。

これは日本語じゃなくて、英語……？

まさか、皇子の声……？

……だって、皇子がこんなことを言ってくれるなんて、絶対にあり得ない……。

……でも、ほんとにそう言ってもらえたら、……どんなに幸せか……。

七海は淡い期待を抱いたが、ゆるく首を振った。

「……ナナミ、俺は仕事で出かけてくる……おまえはゆっくり休んでいろ……帰ってきたら、また続きを……やる」

今度聞こえた声は、明らかにムスタファ皇子の声だった。

頬に優しく唇を押しつけられて、七海はびくりと震えた。

すると皇子が大きくため息をつく。

だが、七海が目を開けるのを待つことなく、皇子の気配はベッドのそばから消えてしまった。

――七海、愛している……。

夢の中で聞いた声はとてもせつなくて、胸が締めつけられるようだった。

七海はかすかに微笑みながら、再び夢の中の世界へと沈んでいった。

†

目覚めたのは、すでに午後になろうかという時刻だった。

天蓋つきのベッドの上で、七海はゆっくりまぶたを開けた。

遮光カーテンが少しだけ開けられ、下に重ねられた白いレースのカーテンをとおして、強い光が射し込んでいる。

そばには金の鳥籠が吊るしてあり、金糸雀がきれいな歌声を響かせていた。

このところ、連日連夜、皇子に抱かれ続けている。皇子は七海をベッドに縛りつけておくことにしたらしく、夜となく昼となく、この部屋を訪れて七海を抱くのだ。

行為にはいつも、あのアリダード特産の香油が使われた。身体に害はないという話だけれど、それでもたっぷり中に塗り込められて抱かれると、根こそぎ体力を奪われてしまう。

快感が抑えきれず、いくら抱いてもらっても終わりがこないのだ。

疲れ果てて眠っている時以外、ずっと抱かれ続けている七海は、目が覚めても気怠《けだる》さが身体中にまとわりついている状態だった。指一本動かすのも億劫《おっくう》なほどだ。

しかしムスタファ皇子の体力は無尽蔵のようで、七海を抱く合間に仕事も精力的にこなしているらしい。

七海がゆっくりベッドの上で半身を起こすと、侍従のアサドがすぐに気配を察したように、お茶を運んできた。

皇子に抱かれて爛《ただ》れた時を過ごしていることをよく知っているにもかかわらず、老侍従はいつも誠意のある態度を崩さない。

「冷やした蓮茶《はすちゃ》でございます。お疲れが取れるかと思いますので、どうぞ召し上がってくださいませ」

「ありがとう」

喉の渇きを覚えていた七海は、素直に差し出されたグラスを手に取った。

冷たいお茶を飲むと、ほっとする。

「殿下は?」

「はい。本日は王宮のほうで政務に就かれておられます。お帰りは、そう遅くならないとのことでした」

「そう、ですか……」

七海は曖昧に頷いた。

毎日のように快楽に狂わされているせいで、今では抱かれること以外、あまり興味が持てなくなっている。皇子が留守なら、しばらくぼんやりしていればいいだけだ。

しかし、アサドは遠慮がちに言葉を続けてくる。

「ナナミ様、ご気分がよろしいようでしたら、ナナミ様にお会いしたいというお方がお見えでございます。いかがいたしましょうか？」

「ぼくに会いたい？　……誰、ですか？」

七海は首を傾げた。

アリダードには、ムスタファ皇子以外の知り合いはいない。訪問客が誰なのか、まったく見当がつかなかった。

「お会いしたいと仰せなのは、クラハシ様でございます」

「倉橋？」

思いがけない名前に、七海はどきりとなった。

「はい。シュンスケ・クラハシ様です」

「あ……っ」

七海は息をのみ、さっと青ざめた。

「やはり、お断りしたほうがよさそうですね。ナナミ様はご気分がすぐれず休んでおられると、すでにお伝えしてございます。クラハシ様はお待ちになりたいとのことでしたが、やはりご面会は無理だとお断りしてまいりましょう」

一礼して出ていこうとするアサドを、七海は反射的に引き留めた。

「待ってください。ぼく……俊介さんに会います。だから案内してください」

七海はそう言いながら、ベッドから足を下ろした。

だらしない格好で俊介に会うわけにはいかない。着替えなければと思い立ち上がろうとしたのだが、足下がふらついてすぐ床にへたり込む。

「大丈夫ですか、ナナミ様」

慌てたように助け起こしてくれたアサドへ、七海は自嘲気味の笑みを向けた。

「ありがとう。すみません。ぼく……足がふらついちゃって」

「そのままベッドにいらしてもよいかと思いますよ。お風邪を召されているということにいたしましょう。さあ、ガウンを羽織ってください」

「ありがとう」

七海は勧められたとおり、差し出されたガウンを羽織っただけで、素直にベッドに戻った。

俊介に弱った姿は見せたくなかったけれど、仕方がない。

情けない自分にほうっとため息をついているうちに、アサドが俊介を案内してきた。

「どうぞ、こちらへ。今、お茶をお持ちしますので」

アサドは慇懃《いんぎん》にベッドのそばの肘掛《ひじか》け椅子を勧めた。

「すみません、俊介さん。ちょっと風邪気味で……」

七海は嘘をつく羞恥に頬を染めた。

俊介はいつもどおり颯爽とスーツを着こなしている。眼鏡をかけた顔にも自信が満ち溢れ、宮殿の豪奢な部屋の中でも、少しも見劣りしない雰囲気を漂わせていた。

「具合が悪いなら、そのままベッドにいればいい。私はかまわん。お茶も結構だ。七海と少し話がしたい。あなたは席を外してくれ」

俊介は背後のアサドにそう断って、肘掛け椅子に腰を下ろした。

「かしこまりました。それでは私は別室にて控えております。御用がございましたら、お呼びください」

アサドは丁寧に頭を下げて部屋を出ていく。

ふたりきりになると、否応なく緊張が高まった。俊介は常に威圧的で、向かい合うと条件反射のように萎縮してしまう。

思わず顔をそむけると、よけいに俊介の強い視線を感じた。

「七海、その様子だと、皇子とはうまくいっているらしいな……」

思わせぶりな言葉に、七海は我知らず赤くなった。

風邪をひいたなどという嘘は、俊介相手には通じなかったらしい。それでも、今の状態を素直に明かす勇気はない。

黙ったままでいると、俊介が再び口を開く。

「皇子とおまえがホテルの庭にいたという報告を受け、ふと思いついたことだが、これほどうまく嵌《は》まるとはな……。しかし、七海。このままではまだ不足だ。もっと皇子を虜《とりこ》にしろ。そしてKURAHASHIの立場がもっと有利になるように仕向けるんだ」

勝手な言い草に、七海はとっさに俊介を振り返った。

「俊介さ、ん……っ」

息をのんだのは、俊介の顔が思わぬ近さにあったからだ。

いつも眼鏡の奥から冷徹に見られている。その視線が今は何故か、熱っぽさを帯びている気がする。

俊介はゆっくり七海の顎を捕らえ、まともに顔を覗き込んできた。

「七海……おまえ、ずいぶんと色っぽくなったな。これも、あの皇子のせいか？」

いやらしく舐《な》めるように見られ、七海は居心地が悪かった。何か悪寒のようなものも感じて、背筋が震える。

だが、それと同時に七海はふと思いついた。

もしムスタファ皇子のもとから逃げ出すとしたら、この俊介の力を借りるしかない。俊介のほうから話をしてもらえれば、帰国できるかもしれないのだ。

「あ、あの……俊介さん……、ぼくはもう帰国したいのですが」

七海は不快さを堪え、俊介を真っ直ぐに見つめながら口にした。

「帰国だと?」

「はい。……俊介さんは、KURAHASHIの名前がリストから外されたら困ると言われましたよね? ムスタファ殿下が決定権を持っているからと……。でも、ぼくはこのプロジェクトでKURAHASHI以外の名前は見ていません。KURAHASHIの参加は最初から決まっていたことなんじゃありませんか?」

「だとしたら、なんだと言うんだ?」

俊介は冷ややかに問い返してくる。

七海は怯《ひる》みそうになったが、唇を震わせながらもさらに訴えた。

「ぼくがここに残っても、もうなんの意味もないと思います。……これ以上は、無理……です。これ以上ここにいたら、ぼくは……ぼくでなくなってしまう気がして……だから、お願いです。ぼくをもう解放してください。俊介さんなら、できるでしょう?」

本当は自分をこの窮地に送り込んだ相手に、頭を下げるような真似はしたくない。でも俊介さえ承知してくれるなら、帰国も容易《たやす》くなるはずだ。

「珍しいな、七海。いつも反抗的なおまえが、私に頼み事とは……」

指摘された七海は、どうしようもない後ろめたさに襲われた。

今の自分にはプライドも何もなかった。いくら窮地に立たされようと、もっと強くいられたなら、これほど惨めにならずにすんだかもしれないのに。

無理やりアリダード王国に連れてこられたといっても、手錠で繋がれていたわけじゃない。

絶対に帰るという強い意志を持っていれば、皇子を説得することだって可能だったかもしれないのだ。

けれども七海は、皇子に屈してしまった。

皇子に教え込まれた快楽の甘い罠《わな》に、自ら嵌まり込み、逃げるに逃げられなくなったのは、結局自分自身の弱さのせいだ。

そして、このままアリダードに居続ければ、自分はさらに深い闇に堕《お》ちていくだけだ。

ムスタファ皇子を好きになった自分に、僅かでも救いが残されているとしたら、それは今すぐ皇子の前から姿を消す道だけだった。

「お願いですから、ぼくを帰国させてください」

七海は胸にある苦しい思いを隠し、再び口にした。

俊介はじっと七海を見つめたままで、唇を歪める。

「七海……おまえはいつも目障りな存在だった」

「目障り?」

「ああ、そうだ。倉橋家の者がおまえの父親を悪く言うのは、それだけ彼への期待が大きかったからだ。家出さえしなければ、今頃伯父上ではなく、おまえの父親が倉橋家の当主になっていただろう。伯父上はあくまでピンチヒッター。事あるごとに優秀だった甥、倉橋を捨てたおまえの父親と比べられて、ご苦労されたそうだ。私も同じだ。どれほど頑張ろうと常に、死んでしまった従兄の名を出されて比べられる。私自身は顔さえろくに覚えていないというのにだ。おまえはその忘れ形見。風当たりが強くなるのは当然だろう」

七海の父と俊介は従兄の間柄だ。そして大叔父と俊介は、七海の想像など及ばないほどの確執にとらわれていたらしい。

「俊介さんは、そんなにぼくのことが嫌いなのですか?」

「ああ、おまえが倉橋に来た時から、不快で仕方なかった。しかし、今のおまえはそうでもないぞ。特にそう色っぽい目つきをされるとな」

ふいに声の調子が変わり、七海はぞくりと背筋を震わせた。

いやな予感がして、反射的に俊介から距離を取ろうとしたが、一瞬早く肩を抱き寄せられてしまう。

「やっ、は、離してください……っ」

七海は懸命に抗った。

だが俊介は思いがけない力で迫ってくる。

「風邪だというのは、どうせ嘘だろう」

ベッドの上に押し倒されて、七海は目を見開いた。

俊介は七海を押さえつけ、ガウンの合わせをぐいっと広げる。

体力を根こそぎ奪われていなかったら、押し返せたかもしれない。しかし、今の七海には俊介を撥《は》ね返すだけの力がなかった。

「俊介、さん……やめ……っ！」

「ふん。身体中、跡だらけじゃないか。ここにも、ここにも、それに、こんなところまで」

剝き出しになった肌には、ムスタファ皇子がつけた赤い跡が点々と散っている。

俊介はそのひとつひとつを指で押さえながら、にやりとした笑みを浮かべた。

「やめて、ください。どうして、こんなこと……っ」

「どうしてだと？　七海、おまえがいけないんだ。そんな目で私を見るからだ」

俊介はそう囁きながら、七海の喉元に唇を近づけてきた。

皇子が残した花びらのような跡に、ちろりと舌を這わされる。

「……っ」

七海はびくりと身体をすくめたが、俊介の手から逃げることはできなかった。

「七海……おまえが帰国したいのは、皇子を嫌っているからか？」

「ぼくは……」

「これだけ抱かれていてもムスタファ皇子を好きになれないというなら、考えてやる。私が口添えすれば、皇子もいやとは言えないだろう。その代わり、おまえは私の言うことを聞くんだ。私の命令に従っていれば、悪いようにはしない。どうだ？」

「や、やめて、ください……っ」

いやらしく舌を這わされて、七海は必死にもがいた。

「ここも、ずいぶん赤く熟《う》れている」

「やあっ」

逃げる隙もなく、剥き出しの乳首に口をつけられる。

「ううっ」

いきなりかりっと歯を立てられて、七海は呻き声を上げた。

俊介の言いなりになれば、日本に帰国できる。だが、俊介の慰み者になるのはどうしてもいやだった。

七海は俊介を押しのけようと、懸命に手を振りまわした。

「どうしていやがる？　おまえがムスタファ皇子を嫌いなら、私の言うことを聞けばいい」

嘲るような言葉と同時に、振りまわした手をつかまれる。

両腕を広げる形でベッドに押さえつけられると、もう他に逃げ場はなくなった。

「いやだ……っ」

本格的にベッドに乗り上げてきた俊介が、口づけようと迫ってくる。

押しのけられない自分が本当に情けなく、七海は涙を滲ませた。

だが、その時、ふいにつかまれていた手が自由になった。

「そこまでだ。それはすでに俺のもの。勝手に触れることは許さん」

氷のように冷え切った声に、七海は思わず目を見開いた。

俊介の腕をねじ上げたのは、ムスタファ皇子だった。

黒の民族衣装を着て、まるで悪鬼のように立っている。

「……殿下……」

七海が呆然とした声を上げたと同時だった。

皇子はうるさげに、腕一本で俊介の身体をベッドから引きずり下ろした。俊介だってそう小さいほうではないのに、まるで勝負になっていない。

「ぐうっ……」

床に転がされた俊介が呻き声を上げる。

皇子はそれを無視して、今度は七海に手を伸ばしてきた。

「俺の留守をいいことに、ふたりでよからぬ相談をしていたらしいな。それほど俺が嫌いで、逃げ出したかったのか？　だが、おまえがいくら俺を嫌っていようと関係ない。おまえは俺のものだ」

「……ぼくは……」

七海は唇を震わせたが、皇子の端整な顔には冷たい表情だけがあった。

もしかして、話を聞かれていたのだろうか？

でも皇子を嫌っているならと、勝手に想像したのは俊介で、自分の本当の気持ちじゃない。嫌ってなどいない。

好きだからこそ、苦しい。

それをわかってほしいのに、皇子の発する冷たい怒りのオーラで、言い訳すら口にできなかった。

「ちょっと留守をした隙に虫がつくようでは、おまえはもう王都に置いておけん。もっとおまえに相応しい場所へ連れていこう」

皇子はそう言って、いきなり七海を抱き上げた。

力が抜けきっている七海には抵抗する隙さえなかった。

「ま、待ってください。ぼ、ぼくをどこへ？」

「砂漠だ」

七海を横抱きにした皇子は短く答え、そのまま荒々しく歩き出す。

「砂漠……」

皇子に横抱きで運ばれながら、七海はそう呟きを漏らすのが精一杯だった。

床に転がされた俊介が懸命に立ち上がろうとしている。

その俊介に声をかける暇もなく、部屋から連れ出されてしまったのだ。

†

アリダード王国の南はルブアルハリ砂漠に繋がっている。「空白の四分の一」という意味を持つ砂漠は、文字どおり、道すら存在しない場所だった。

七海は離宮からヘリに乗せられて、この砂漠の中に存在する小さなオアシスへと連れてこられた。

赤っぽい砂に囲まれた中で、満々と水を湛《たた》えたオアシスは、まるで奇跡のような場所だ。湖の畔には緑が溢れ、その中に優美な館《やかた》が一軒だけぽつりと建てられていた。

他には何も存在せず、舗装された道路もない。美しいオアシスの中の館は、ヘリで飛んでくるしかない、完全に外界と閉ざされた場所だった。

だが、七海は館の中に入ると同時に、強い違和感に襲われた。

柱や屋根、床、壁面、中世ペルシャ風といった佇まいの館は、どこを見ても美しかった。清掃も行き届き、どこもかしこもピカピカに磨き上げられている。それでも人の姿がないせいか、なんとなく寂れた印象がしてしまう。

「さあ、部屋に案内してやる。こっちだ」

皇子はしっかりと七海の手を握って進んでいく。

七海はヘリに乗せられる前に、ガウンから白の民族衣装に着替えさせられていた。また、医者の診察も受け、離陸の準備が整うまでの短時間だが栄養剤の点滴も受けたので、体力も少しは回復していた。

ヘリに同乗し、従っているのは老侍従のアサドだけだ。そのアサドはヘリから降りてすぐに、この館の使用人たちを取り仕切るために、どこかへ姿を消してしまった。

皇子は回廊の突き当たりまで進み、蔓草の紋様が刻まれた重厚な扉を押し開けた。

「さあ、ここがおまえの部屋だ」

室内へと入った七海は息をのんだ。

離宮で与えられた豪華な部屋とはまったく趣の違う美しさに、目を見開く。

床は寄せ木で造られ、壁は細かなタイルでモザイク模様になっている。据えられた調度品なども、優美な形のものが多い。

何よりも素晴らしかったのは、正面のテラスから望める景色だった。

オアシスの向こうに広がっているのは、広大な砂漠だ。

日没が近い時間で、その砂漠がすべて夕陽の色に染まっている。砂漠の向こうの空は濃さを増した青。薄赤い砂の色との対比が、ため息が出そうなほど美しかった。

「きれいだ……」

七海は思わず呟いた。

すると隣に立つ皇子が、ほっと息をつく。

「気に入ったようで何よりだ」

ぽつりと放たれた囁きに、七海ははっとなった。

皇子は七海の手を離し、ひとりでテラスのほうへ歩いていく。

その後ろ姿があまりにも寂しげに見えて、七海は無意識に長身を追いかけた。

横に並んでも、皇子の眼差しはオアシスの彼方《かなた》へと向けられているだけだ。ここに来るまでの間、あんなにも強引だったのに、今の皇子は七海に対する関心をすべて失ってしまったかのように淡々としていた。

「ムスタファ殿下……」

七海は無意識に呼びかけた。

けれども、皇子の青い瞳が自分に向けられることはない。

「おまえが俺を嫌っているのは承知だ。おまえを無理やりアリダードに留めていることも……。だが、もしおまえが……」

皇子はそこまで言って、ふいに口を閉じた。

あとに続くはずだった言葉がなんなのか、わからない。

しかし、七海の胸は何故だかひどくざわめいた。

しばらくの間、沈黙が続き、目の前の美しい夕景にも劇的な変化が訪れる。

最大まで膨れ上がった茜色《あかねいろ》の太陽が、砂丘の際に沈みかけた瞬間、水を湛えた湖面が炎のような煌《きら》めきを見せた。

哀しいほどの美しさに、七海は息をすることもできずに魅入った。

けれども、その美しさは一瞬のことだった。太陽が沈むと同時に湖面から色が失《う》せ、影絵のように沈んだ光景となってしまう。

その後まもなく、群青色の空に無数の星々が瞬《また》き始めた。

雄大な自然が見せてくれた素晴らしさに、七海はただ感動した。

自分が何者で、どうしてこの場にいるのか。隣に立つ皇子に対する葛藤さえも忘れていた。

だが、その皇子が唐突に七海を振り返る。

「おまえは当分の間、ここにいろ」

「え？」

「俺の顔は見るのもいやなのだろう。だったら仕方がない。おまえの気がすむまで、おまえの前から消えていてやる」

「ムスタファ、殿下……？」

思いがけない言葉に、七海は呆然となった。

皇子は皮肉っぽく口元をゆるめ、七海の腰を引き寄せた。びくりとなると、皇子がさらに笑みを深める。

「安心しろ。何もしない。これは単に別れの挨拶だ」

そんな言葉とともに上を向かされ、そのあとそっと唇を塞がれた。

「……んっ」

だが、皇子の口づけはあっさりしたもので、唇はすぐに離れていく。

抱擁も解いた皇子は、七海をその場に残し、さっさときびすを返した。

「あの、待ってください」

思わぬ事態に、七海は焦って皇子の背中に呼びかけた。

このオアシスに置き去りにされる。それは、ここにいる間、皇子に会えなくなることを意味していた。

「おまえの世話はアサドに命じてある」

だが皇子は振り返りもせずに、そう答えただけで、歩み去ってしまったのだ。

8

オアシスの館に連れてこられ、七海は不安な一夜を過ごした。

老侍従のアサドは相変わらず細やかな気遣いを見せてくれたので、不足なことは何もなかったのだが、それでも不安は残っていた。

夕食がすみ、入浴もすませると、他には何もやることがない。

離宮と違って、ここで働く使用人は極端に少ないらしく、物音が何もしないのだ。

パジャマに着替えた七海は、ふと思いついて端末を手にした。

新開としゃべっていた時、皇子に放り投げられてしまい、しばらくの間、存在さえ忘れていたものだ。

あの時の皇子の剣幕を思い出すと、今でも震えがくるほどだ。こうして手元に置いておけるのが、不思議なくらいだった。

しかも、あれから何日も経っているのに、充電もフルになっている。これはきっとアサドが気をまわしてくれたのだろう。

久しぶりに端末をチェックした七海は、ほうっとため息をついた。

新開からは一日に二、三回。バンケットの三輪の履歴も毎日のように残っていた。

みんなに心配をかけていることが情けなく、七海は頭を振った。

せめて無事でいることだけは伝えておかないと申し訳ない。

しかし、いよいよメッセージを送ろうとしたところで、七海はふとこの場所が圏外になっていることに気づいた。

「砂漠だから、仕方ないな……」

ぽつりと独りごち、七海は急激に孤独を感じた。

最初に母を亡くし、そのあと父も失って、倉橋家に引き取られてからも、ずっと寂しい思いをしてきた。

衣食住は保障されていたものの、倉橋の者は皆よそよそしく、使用人とて必要以上には近づいてはこなかった。私立の中等部、高等部と進学し、それなりに友人もできたけれど、七海はなんとなく皆から距離を置いていた。自分に両親がいないことを同情されるのはいやだったし、倉橋財閥の関係者として特別な目で見られるのもいやだった。

普通に親しくしていたのは新開ぐらいだ。

それも、七海のほうは少し遠慮ぎみではあったのだけれど……。

七海は端末をテーブルに載せ、テラスまで移動した。

カーテンを開け、外に出てみると、文字どおり降るような星空だ。

空気が澄みきっているので、空にくっきりと白い刷毛《はけ》で刷いたような天の川が見えた。

今まで見たこともないほど素晴らしい夜空だけれど、分かち合う者がそばにいなければ、その感動も半減する。写真を撮っておこうという気も起きない。

七海はほうっとため息をついた。

はあ……暇だな……。

ぼくはいつまでここにいればいいんだろう？

皇子はいつ、ぼくを迎えに来てくれるんだろう？

そして皇子の顔を思い浮かべたとたん、七海はひどく寒さを感じた。

砂漠の夜は冷える。けれども七海を襲ったのは、外気の冷たさを上まわる寒さだった。

†

「あの、殿下はいつ頃、こちらへお出《い》でになりますか？」

翌朝のこと。七海はアサドの顔を見かけたとたん、そう問い詰めた。

ムスタファ皇子の老侍従は、いつもどおり穏やかで落ち着いた表情で、朝食のトレイを運んでくる。

気温もまだそんなに上がっていないので、テラスで朝食を取ることにすると、アサドは慣れた手つきでカップに紅茶を注いでくれた。

「殿下はしばらくの間、政務でお忙しいかと思います」

「それじゃ、こちらへ見えるのは、いつになるかわからないのですか？」

「はい、申し訳ございません」

アサドは自分が悪いわけでもないのに、丁寧に謝る。

ここへ来てまだ一日目だというのに、七海はどうしようもない孤独感に襲われていた。

空腹を覚えていたはずなのに、食欲がすっかり失せ、トーストを千切って口へ放り込むのも億劫になる。

だが老侍従は、そんな七海の気分を見越したように声をかけてきた。

「ナナミ様、朝食がおすみになったら、裏手の庭にご案内いたしましょう。金糸雀をいっぱい飼っているのです。生まれたばかりの雛《ひな》がいて、可愛いですよ」

にこやかに言うアサドに、七海は思わず眉をひそめた。

またここでも金糸雀だ。

きれいな声で鳴く金糸雀に罪はない。それでも、鳥籠に閉じ込められた金糸雀は、自由に外を出歩けない自分の姿と重なって、いい気分にはなれない。

しかし、朝食のあとアサドの案内で訪れた庭は、完全に七海の予想を裏切るものだった。

湖に面した庭全体が、まるで小鳥の楽園のようになっていたのだ。自由を遮る金網や檻《おり》は存在せず、小鳥たちは庭に植えられた樹木の枝で自由に囀っていた。

金糸雀だけではなく、他にもきれいな色の羽根を持つ小鳥がいる。

「ナナミ様、金糸雀の雛は、あの梢《こずえ》の巣の中です」

アサドに指さされたほうに目を向けた七海は、思わず口元をほころばせた。

細い枝の先に、丸い巣が見える。その中で黄色い頭の小さな雛がひしめき合っていた。

「すごい、可愛い」

「近くでご覧になりたければ、梯子《はしご》をご用意しますよ？」

「ここからでも充分に見えます。雛を驚かせたり怖がらせたりしたくないから」

「そうですか。それなら安心いたしました」

ほっとしたように言うアサドが気になって、七海は首を傾げた。

「安心したって、何がですか？」

「はい。ナナミ様は金糸雀を嫌っておられるわけではないのでしょう？　もし、小鳥がお嫌いならば、雛を気遣うようなことはおっしゃらないでしょうから」

「もちろん、嫌いじゃないです。でも、どうして？」

疑問に思ったことを口にして、七海はすぐにアサドが言いたかったことに気づいた。

「もしかして、離宮に置いてきた金糸雀のことですか？」

そう確かめると、アサドは深く頷く。

「殿下はナナミ様のお慰めになればと、こちらで金糸雀をお選びになりました。でも、ナナミ様はあまり嬉しくはないご様子でしたので……」

アサドの言葉に、七海は目を見開いた。

「殿下が、って……もしかして、殿下はここであの金糸雀を選んだと？」

「はい。そう申し上げたかと思いますが……」

「ぼくは、殿下が選んだのは金の鳥籠だけかと思ってました」

「さようですか。それは、私のご説明の仕方が悪かったようですね。申し訳ありません」

アサドは丁寧に謝ったが、七海は他のことのほうが気になった。

王都からここまで、ヘリで一時間ほどのフライトだった。

ムスタファ皇子は多忙だと言いながら、その隙を縫ってわざわざこの館まで金糸雀を選びに来たのだろうか？

どうして、そこまで……。

皇子のことに考えが及ぶと、条件反射のように胸が痛くなる。

だが、その時、七海はさらに驚くべきものを発見した。

「あっ」

小鳥が飛び交う楽園の先、もっと湖に近い場所に、真っ白な花が固まって咲いている場所があったのだ。

七海は夢中でその花畑に向かって駆け出していた。

微風の中で芳《かぐわ》しい香りを漂わせていたのは、白い百合だった。かなり広い一面が百合の花でいっぱいになっている。

亡くなった母がこよなく愛していた百合の花……。

七海は花壇の前にしゃがみ込み、我慢できずに涙を溢れさせた。

知らない場所にひとりきりで置いていかれ、心細くて仕方がなかった。それなのに、その場所で、こんなにも懐かしい光景に出会うとは、思ってもみなかった。

けれども、白百合を見たとたん、我慢に我慢を重ねていた気持ちも崩壊する。

いつか皇子に見捨てられてしまうぐらいなら、今すぐに離れたほうがいい。ちゃんとした恋人として認めてもらえないなら、そばにいるのがつらい。だから、皇子から逃げ出したい。

そんなふうに思いつめていたけれど、それが全部嘘だとわかってしまった。

どんなふうに扱われようと関係ない。たとえ、皇子には玩具としてしか見られていなくても、そばにいたかった。

皇子に抱かれて感じすぎてしまう自分が惨めで許せなかった。

それも本当は嘘だ。

どんな姿になっても、たとえそれが一時的な快楽にすぎなくても、皇子に抱かれるのは喜びだった。

意地を張って日本に帰りたいと言い続けていたのも、本当はずっと一緒にいたいという気持ちを誤魔化すためでしかなかったのだ。

今すぐ皇子に会いたい。そして、思いきり抱きしめてほしかった。

子供のように泣き続けていると、そばに来たアサドがそっとハンカチを差し出してくる。

「ナナミ様、大丈夫でございますか？」

「ありがとう……すみません、子供みたいに……っ」

七海はハンカチを受け取り、濡れた頰を強く拭った。

涙を見られて恥ずかしかったけれど、きっとアサドなら許してくれるだろう。

しばらくして、ようやく嗚咽《おえつ》が治まる。

するとと七海につき合って、そばに座り込んでいたアサドもほっとしたように息をついた。

「百合の花がお好きですか？」

静かに訊ねられ、七海はこくりと頷いた。

「亡くなった母が好きだった花です。ぼくの生まれた家は湖に面した、小さなホテルでした。母はホテルの庭を、好きな百合でいっぱいにして、みんなで写真を撮って……」

「そうでしたか。それでは殿下もきっと喜ばれるでしょう」

しみじみとした口調で言われ、七海は首を傾げた。

するとアサドは一瞬困ったような顔になる。しかし、そのあとふっと口元をほころばせて、話を続けた。

「この百合は新しく植えたばかりで、まだきちんと根づいていないものも多くあるようです」

「えっ?」

アサドの言葉で、よくよく注意してみると、中には水をうまく吸い上げられずに、萎《しお》れている百合もある。

「ナナミ様はきっとお好きだろうと、殿下が急遽《きゅうきょ》百合を植えろと命じられまして……本当はもっときれいに咲き揃った頃に、ナナミ様をお連れするはずだったのですが……」

「待ってください。それじゃ、この百合も、ぼくのために皇子が?」

「さようでございます。でも、どうか事情をお話ししてしまったことは、ご内密に……」

アサドはそう言って、頭を下げる。

七海の胸には再び熱いものが溢れてきた。

自分が百合を好きなことは、どうしてわかったのだろう?

ふと疑問が湧くが、それもすぐに答えが見つかる。

家族写真はアリダードに来てからも、よく眺めていた。サイドテーブルに置きっぱなしにしていることもあったから、きっとその時、皇子の目に触れたのだろう。

七海はゆっくり立ち上がった。

砂漠で囲まれているにもかかわらず、このオアシスは文字どおり楽園のようだ。

その楽園に建つ、美しい館……。ここは鳥籠や檻じゃない。

皇子の優しさがいっぱい詰まった楽園は、けして自分を捕らえておくためのものではないのだ。

「アサドさん、この館はどなたのものだったのですか？」

「はい、こちらには殿下の母上がお住まいでございました」

「母上が？」

七海はゆっくり館の中へと移動しながら、アサドの話を聞いた。

「殿下の母上はアリダードの第三王妃でいらっしゃいました。たいそうお美しいお方でしたが、殿下がお生まれになった頃から、お身体を悪くされて、こちらの館で長く静養しておられたのです。王妃をお慰めするために、小鳥をたくさん集めてこられたのは陛下です。お小さかった殿下は父君とともに、よくこちらを訪ねられていました。しかし、殿下が八歳になられた頃、王妃は儚《はかな》くなってしまわれて」

「それじゃ、皇子はぼくより小さかった頃に母上を……」

母を喪《うしな》った時の痛みは今でもよく覚えている。

胸に大きな穴が空いたようで、その穴には悲しみしか詰まっていなかった。

「愛する王妃を亡くされた陛下は、殿下にたいそう厳しい教育をなされました。第一王妃、第二王妃を生母とされる兄君方は、年齢がずっと離れておられたので、殿下は寂しい思いをされていたと思います。それでもアリダードの皇子として、弱みを見せてはならない……殿下はこのアサドから見ましても、不器用な方だと……。ですからナナミ様、どうか、殿下のお気持ちをわかってあげていただけませんか？」

「殿下の気持ち……？」

七海はぽつりと口にした。

けれども、アサドのほうは急に態度を改めてしまう。

「すみません。よけいなことを申し上げてしまいました。侍従たる者が、主《あるじ》の気持ちを代弁するなど、越権も甚《はなは》だしい。侍従失格です」

アサドはそう言うが、こんなふうに教えてくれたのも、皇子との仲がこじれていくばかりなのを見かねてのことだろう。

それに七海の気持ちは、白百合を見た瞬間に決まっていた。

「アサドさん、ぼくは今すぐ殿下にお会いしたい。連絡を取っていただけますか？」

「ナナミ様……」

足を止めたアサドに、七海は真摯に訴えた。

「もう一方的に、日本に帰りたいと言うつもりはありません。いえ、状況次第ではそうなってしまうかもしれませんけど、ぼくは正直な気持ちを殿下に知ってもらいたいだけです」

嘘や偽りのない本当の気持ちを伝える。

それで駄目なら……。

七海はふと弱気になりかけたが、もう一度しっかりと自分に言い聞かせた。

駄目だったら、わかってもらえるまで努力すればいい。

自分でもおかしく思うほど、皇子が好きになってしまった。

こんなふうに人を恋しく思うのは生まれて初めてで、きっとこの先は絶対にないことだろう。

だからこそ自分の本当の気持ちを伝え、そして皇子にも、ほんの少しでも自分を好きになってもらえるように努力をする。

七海はそう強く決意して、久しぶりに晴れ晴れとした微笑を浮かべた。

†

砂漠の中の楽園は、いわば絶海の孤島のようなもの。

電話は通じておらず、ネットにも繋げない。そこで活躍していたのは、昔ながらの無線だった。

アサドは侍従用の執務室に七海を案内し、ずらりと並んだ無線用の機械の前で、小さなハンドマイクを取り上げた。

「こちらオアシスのアサド。ムスタファ殿下に緊急のご連絡あり。どうぞ……」

極めて真面目《まじめ》な顔で交信を始めたアサドに、七海は不安な眼差しを向けた。

皇子と直接話したいと頼んだが、心臓がドキドキする。

ザーッと時々ノイズが入るけれど、無線機の感度は良好で、相手方はすぐに皇子を呼びに行ってくれたようだ。

皇子は国王を助け、政務を精力的にこなしているという。海水淡水化プロジェクトでも、皇子の仕事ぶりは極立っていた。時には傲慢に思える態度を取るものの、皇子に対するスタッフからの信頼は篤い。

そんな皇子を私用で呼び出すなど、少し良心が咎《とが》めるが、それでも七海は逸《はや》る気持ちを抑えきれなかった。何よりも今は、皇子を幼い頃から知っているアサドが味方してくれている。

皇子を待つ間がすごく長く感じられ、七海はじりじりするばかりだった。

そして、とうとう皇子の声が聞こえてくる。

『どうしたアサド？　ナナミに何かあったのか？』

切迫した調子の声に、七海は涙をこぼしてしまいそうになった。

アサドにマイクを手渡され、ぎゅっと握りしめる。

「……七海です、殿下……。お話があります」

心臓が高鳴ってどうしようもなかったが、七海は必死に呼びかけた。

だが、スピーカーから戻ってきたのは冷ややかな声だった。

『いったいなんだ？　今は忙しい。おまえの話など、聞いている暇はない』

皇子はそう吐き捨てただけで、立ち去ろうとしている。

その気配を感じた七海は声を張り上げた。

「待って！　行かないでください！　会いたいんです！　ぼく、殿下に会いたいんです！　だから、……だから、ここへ会いに来て……っ、お願いだから……っ」

七海は涙ながらに訴えた。

皇子の姿が見えないことがもどかしい。どんな顔をしているのか、わからないことが不安だった。

それでも、一刻も早く会いたい気持ちが抑えられなかった。

『ナナミ……？』

困惑気味の呟きが耳に達し、七海はさらに祈るように訴えた。

「お願いです。あなたに会いたいんです。この楽園で百合の花を見ました。とてもきれいに咲いていて……嬉しかった。小鳥たちも美しい囀りを響かせてて、ここはとても素敵な楽園です。でも、あなたがいてくれなければ、この楽園の輝きは色褪せてしまう。ぼくは籠に入った小鳥でいるのはいやだ。ううん、違う。ぼくがもし小鳥だったとしたら、籠から飛び出して今すぐあなたに会いに行く。でも、ぼくには翼がないから……。だから、会いに来てほしい」

皇子は長い間沈黙を守っていた。

答を待つ時間が永遠のようにも思えた。

それでも、最後にはとうとう望んだとおりの言葉をくれる。

『わかった。今すぐおまえのところへ行こう。ナナミ、俺が行くまで待っていろ』

力強い声が聞こえ、七海は自然と涙をこぼした。

「……待ってます……ここで……」

『ああ、待っていろ。最短の時間でそっちへ行く』

それきりで、ぷつりと通話が切れる。

だが、七海の胸にはこれ以上ないほどの喜びが芽生えていた。

†

その夜、七海はベッドに入ってからも、ずっと落ち着かない心地のままだった。

勢いだけで、皇子を呼びつけるような真似をしてしまったけれど、自分らしくない大胆さが、時間の経過とともに恥ずかしくなる。

それでも、きっと明日には皇子に会えるはずだと、浮き立つ気持ちも抑えきれなかった。

だが、明け方近く、ようやくうとうとし始めた頃に、アサドが慌ただしく部屋に入ってきた。

「申し訳ありません、ナナミ様」

いつになく硬い声に、七海はすぐに起き上がった。

ガウンを羽織って向かい合うと、アサドは表情も強ばらせている。

「何かあったのですか?」

七海は震え声で問い質した。

「お伝えすべきかどうか迷ったのですが……」

口ごもるアサドに、どっと不安が押し寄せた。

もしかして、皇子の身に何か起きたのではないか。

そんな悪い予感に襲われたのだ。

だが、七海は強く首を振って、その不安を払い除けた。

「言ってください」

「……殿下が、……行方不明との知らせが入りました」

「！」

七海は硬いもので頭を殴られたような衝撃を覚えた。

アサドの言葉ははっきり耳に届いたけれど、認めるのは絶対にいやだ。

「昨夜は、この近辺に砂嵐がとおるとの予報が出ており、ヘリは飛ばせませんでした。殿下は馬で出るとおっしゃって……。もちろん側近はこぞってお止めしたようですが、殿下はガードを振り切り、単独で王宮を出られたそうです」

「そ、それで？」

問い返した声は掠れていた。

それでも七海は不思議と冷静だった。

「ガードももちろんすぐに殿下のあとを追ったそうですが、途中でお姿を見失い、しかも、そこで予報どおりの砂嵐に襲われたそうで……、殿下の行方はいまだに不明だと」

アサドの表情は苦渋に満ちていた。

常に冷静な侍従が、こんなにも不安そうな顔を見せている。それだけで、今起きている問題がどれほどのものかがわかった。

七海はアサドの民族衣装の袖に触れ、宥めるように口にした。

「きっと大丈夫です。殿下はぼくに、ここに会いに来ると約束してくださった。だから、絶対に大丈夫です」

七海は微笑さえ浮かべて断言した。

行方不明と聞いて愕然《がくぜん》としたけれど、脳裏に浮かんだ皇子の顔は笑っていた。

誰よりも男らしく、誰よりも逞しい。そんなムスタファ皇子が、これぐらいのことで傷つくはずがない。

だから七海は、皇子が絶対に大丈夫だと信じていられたのだ。

「もう夜が明けますね。ぼく、殿下を迎えに行きます」

「ナナミ様、いけません！　ここはオアシスですが、まわりは砂漠です」

「大丈夫。オアシスの端で待ってるだけだから……、そんなに心配しないでください。いくらぼくだって、なんの準備もなしに砂漠へ出ていくなんて愚かな真似はしませんから」

終始、穏やかな調子で言うと、アサドは皺の多い顔を泣きそうに歪める。

「ナナミ様……」

「着替えたらすぐに出かけます。殿下が馬でいらっしゃるとしたら、どの方角からですか？」

「昨日お見せした、百合の花の咲いているほうが王都です」

答えたアサドの声は、すでに平静そのものだった。

†

皇子は絶対に大丈夫。

七海は強い信念を持って、庭を歩いた。

白の民族衣装は、本当にこの地方に合った機能的な衣服だった。

夜がようやく明けそうだというこの時間帯は、大気が冷えて肌を刺すようだ。しかし、熱を避けてくれる衣装は、同時に寒さも防いでくれる。

七海は待つ時間が長くなった時のために、きちんとゴトラも被って、湖の畔の白百合の花園に向かった。

東の空がほんの少し明るくなり、徐々に視界が開けてくる。

白百合は露を含み、瑞々《みずみず》しく咲き誇っていた。

七海はそっとしゃがみ込んで花弁に触れ、それからまた少し歩を進めた。

アサドに教えられた王都の方角へ真っ直ぐに歩いていくと、下草が疎《まば》らになってくる。

この先は熱砂の大地だ。

砂嵐が近くをとおったせいか、昨日眺めた時とは、砂丘の形が変わったように思う。

時間が経つにつれて、砂丘の東面に夜明けの赤い光が当たり始める。西側はまだ濃い藍色《あいいろ》の影。

赤と藍色とのコントラストが、大海原の波のように続いていた。

雄大な景色の中にひとりで立っていると、心細さを覚える。

それでも七海は、皇子が現れるはずの一点だけを、じっと見つめ続けていた。

皇子は絶対に大丈夫。

会いに来てくれると約束したのだから——。

そして、とうとう信じていた瞬間が訪れた。

自然がつくった美しい波模様の中に、黒い点がぽつりと現れる。

その黒い点はどんどん近づいて、そのうち黒と茶色の二色になった。

「ムスタファ皇子……っ！」

七海は夢中で駆け出した。

現れたのは駱駝《らくだ》に乗ったムスタファ皇子だった。

黒のゴトラが、駱駝の動きに合わせ、ゆるやかに波打っている。

そして、次の瞬間、皇子は駱駝の背から飛び下りて、駆け寄った七海をしっかりと抱き留めた。

「どうして駱駝なんかに乗ってるんですか！　ひどい！　あなたは馬で出かけたって……心配したのに……っ！」

「ナナミ」

七海は泣きながら皇子の胸を叩いた。

待っている間は平静を保っていられたのに、無事だとわかったとたん、激情が迸《ほとばし》ってしまう。

「砂嵐に巻き込まれそうになった。それで駱駝に乗り換えたのだ。こいつらは砂嵐をやりすごす方法をちゃんと心得ているからな」

皇子は七海の背を宥めるように叩きながら、なんでもないことのように説明する。

七海は涙を溢れさせながら、ひしと皇子に縋りついた。

「……愛してる……あなたを愛してる……っ、あ、あなたがぼくをどう思っていても、いい……愛してるんです……っ」

七海は一気に言い切った。

顔は涙でぐしゃぐしゃだったし、嗚咽混じりで声もおかしくなっている。けれども、懸命に言葉を紡いだ。

もう意地も羞恥もない。こうして皇子が無事でいてくれたことだけが嬉しかった。

「おい、待て。やっと素直になってくれたまではよかったが、俺の気持ちはどうでもいいだと？　ナナミ、おまえはこの期《ご》に及んでまだそんなことを言うのか？　俺のことをいったい、なんだと

思っている？　返答によってはおまえを…」

皇子は怒ったように言い、七海はその途中でふっと皇子の胸から顔を上げた。

涙で曇った目でじっと見上げると、皇子の青い瞳と視線が合う。

その眼差しがあまりにも真剣で、七海はひときわ大きく心臓を高鳴らせた。

「……もしかして……ぼくを……、ぼくを愛していてくださるんですか？」

七海は掠れた声で訊ねた。

平静でいられる時なら、絶対に口にできなかった問いだ。

皇子は困ったように目を細め、それからそっと七海を抱きしめてきた。

「おまえを誰よりも愛している。……そうか、今になってやっと気づいた。おまえの気を引くために色々やってみたが、俺は一番肝心なことを忘れていたようだ。おまえを愛している。日本のホテルの庭で、おまえが俺にぶつかってきた時からだ」

「そんな……っ」

いきなりの告白に、七海は胸を喘がせた。

聞こえてきた言葉がすぐには信じられない。

でも、皇子は真摯に自分だけを見つめている。

「信じられないのか？　それなら何度でも言ってやろう。ナナミ、おまえを愛している。ホテルの庭で、俺はおまえにひと目惚《ぼ》れしてしまったようだ。パーティーでおまえに汚れ物をぶちまけられた時は、その気持ちが確信に変わった。なのにおまえは、あろうことか、KURAHASHIのために身体を差し出すと言う。あの時、俺がどれほどの怒りに駆られたか、おまえにわかるか？」

腹立たしげに訊ねられ、七海はゆるく首を振った。

「冷たく追い返してやろうと思ったのに、おまえに縋るような目で見られ、我慢が利かなかった。一度抱いてしまえば熱が冷めるかと思ったが、俺はさらにおまえに夢中にさせられていた」

「ぼくだって、あの時はどんなに苦しかったか……」

「これは長期戦を覚悟するしかないと、おまえをさらっていくことにした。なのに、おまえは俺をいやがって、逃げ出すことだけを考えていて」

「違うんです。ぼくは、あなたに玩具のように扱われていることが悲しくて……っ」

七海は懸命に訴えた。

すると、ようやく皇子の眼差しが優しいものになり、涙に濡れた頬を拭われる。

「俺たちはずいぶん遠回りをしたようだ。だが、これでもうおまえを手放さなくていいんだな？おまえは自ら進んで、俺のそばにいることにした。そうだな、ナナミ？」

念を押すように問われ、七海はこくりと頷いた。

「……はい、そうです。……ぼくは……あなたを愛しているか……んんっ」

頬を染めながら発した言葉は、突然重ねられた皇子の唇に吸い取られた。

強く抱きしめられて、思うさま口づけられる。

気持ちが通じ合った今は、その口づけが前にも増して甘く感じられた。

†

その朝、館のベッドで七海は淫らな声を上げ続けていた。

部屋に戻ってすぐに、もつれるようにしてベッドに倒れ込んだ。

皇子は今までで一番と言っていいほど情熱的に七海を抱き、愛する喜びを教えられた七海も全身全霊で愛撫に応える。

そうして濃密な時間がすぎていくだけだった。

「ああっ、もっと……抱いて、ほしい」

七海は全裸で横たわり、逞しいものを深々と受け入れさせられていた。

皇子も見応えのある裸身を惜しげもなくさらしている。

「ナナミ、もっと欲しいなら、足を広げて俺の腰を挟み込め」

「やっ、そんな……恥ずかしい」

「何が恥ずかしい？　俺を欲しがったのはおまえだろう。こうするんだ」

皇子はぐいっと最奥を突き挿しながら、七海の両足をばらばらに捕らえる。そして自分の腰にしっかりと巻きつけさせた。

どんなに淫らになろうと、羞恥は残っている。なのに皇子は、七海から際限もなく情熱を引き出そうとする。

「やあっ、……ああっ、く……うぅ」

皇子は浮かせた七海の腰に手をあてがって、ことさら激しく揺さぶってきた。

串刺しにされる角度が変わり、七海はより深い場所まで皇子を受け入れさせられる。

最大まで膨れ上がった灼熱に、身体を真っ二つに割り広げられていた。

身体の一番深い場所で、ぴったりとひとつになっている。

隅々までが愛する皇子と同化しているようで、七海はこの上ない幸せに酔わされた。

こんなにも深く人を愛せるなんて、今まで知らなかった。身体だけではなく、心もひとつになることで、これほどの喜びを得ることができるなんて、知らなかった。

皇子は七海からすべてを奪い、すべてを与えてくれる。

だから七海も全部を預けて、皇子を求めるだけだった。

「もっと俺を欲しがれ、ナナミ。もっと淫らで可愛い顔を見せてみろ」

皇子は太いものを最奥に留めたままで、ゆっくり腰を回転させる。

深く抉られた内壁でまた新たな官能の波が生まれ、全身に伝わっていく。

「や、ああっ、も……う、駄目……っ、こ、これ以上……ああっ」

「まだだ、ナナミ。もっともっと俺を感じろ」

愛する皇子は傲慢に愛を強要する。

七海は息も絶え絶えになりながら、皇子にしがみついているだけだった。

†

うとうととした微睡みから、七海はふっと目覚めた。

隣には逞しい皇子が裸で横たわり、腕の中にしっかりと七海を捕らえている。そして七海もまた、素肌をさらしたままで皇子にしがみついていた。

ほんの少し前までの痴態を思い出し、七海は恥ずかしさに襲われながらも、そっと皇子の様子を窺った。

「あ……」

眠っているかと思った皇子は、意外にもじっと七海を見つめていた。

いっそ羞恥を煽られて、七海は思わず皇子の胸に顔を埋める。

「なんだ、まだ抱いてほしいのか？」

「ち、違います。でも……こうして、あなたの腕に抱かれているのは気持ちがいい」

「そうか。それなら、いつまでもこうしていてやる」

優しい囁きとともに、乱れた髪を梳き上げられて、七海の胸にはじわりと幸せな気持ちが広がっていく。

「こんなに幸せになれるなんて、今でも信じられない。これは夢じゃないかって……」

吐息をつくように言うと、皇子はくすりと忍び笑いを漏らす。

「おまえをこの腕に抱いている。これは揺るぎない現実だ。夢じゃない。だが、おまえには他にも夢があるのだろう？」

ふと思いついたように訊ねられ、七海はどきりとなった。

「どうして、わかったのですか？」

「おまえのことはすべて調査ずみだ。だから、おまえが考えていそうなことも、だいたいわかっているつもりだ。おまえは両親が経営していたホテルを取り戻したいのだろう？」

皇子は何もかもお見とおしだといったように訊ねてくる。

「そうです。いつか、あのホテルを買い戻すのがぼくの夢です。そこにも純白の百合がいっぱい咲いてるんですよ？」

「おまえが持っている、あの写真の建物だな？」

「はい」

「取り戻してやるのは簡単なことだ」

皇子に言われ、七海は首を左右に振った。

「それじゃ駄目です。だって、あなたの力を借りてしまったら、いつかホテルを取り戻したいというぼくの夢が、夢じゃなくなってしまうから。ぼくはしっかり仕事をしてお金を貯めます。だから、あなたはぼくが夢に向かっていくのを見守っていてください」

「おまえらしい言い草だ。だが気長にやると言うなら、しっかり見守っていてやろう」

「ありがとう」

七海はそう言って、ふわりと微笑んだ。

皇子もそれにつき合うように、極上の笑みを見せる。

「ナナミ、もうひとつ、アリダードにも夢の事業があるが、それはどうする？」

「海の中の楽園造り？」

「ああ、そうだ」

「本当に、ぼくにも参加させてくださるんですか？」

「もちろんだ。おまえはすでに俺の伴侶《はんりょ》も同然だ。これからは何をするにも一心同体。誰にも文句は言わせない」

「でも、あなたは王族なのに、ぼくなんかを……」

愛されているのはわかっているが、七海には一抹の不安が残っていた。

どんなに愛し合っていても、ムスタファ皇子は王族。男同士の関係を世間に知られてしまうのはまずいと思うし、これからも皇子には降るほどの縁談が舞い込んでくるはずだ。

しかし皇子は、黙り込んだ七海の頬にそっと触れてくる。

「おまえが心配する必要はない。いいことを教えてやろうか？」

「なんですか？」

「隣国には男の花嫁を貰い、教会で式まで挙げた変わり者の皇子がいる」

「ええっ？」

七海は驚きで目を瞠った。

「他にも男の恋人を持っている皇子がいる。だから、おまえを俺の伴侶として迎えるのは、別におかしなことではない。俺の父はアリダードの国王だが、俺の上にはすでに結婚して息子をもうけた兄が何人もいるから、後継者問題に煩わされることもない。それに、くだらないことで批判する輩がいても、俺はそんなことで潰されるほどやわではない。どうだ、これで安心したか？」

「……はい」

自信たっぷりな言い方に、七海は思わず微笑んだ。

「それじゃ、俺の花嫁になるんだな？」

「え、……それは……」

いきなり話が飛躍して、七海は焦りを覚えた。

動揺した七海に、ムスタファ皇子はむっとしたような顔を見せる。

「ナナミ、おまえが俺を愛していると言ったのは嘘か？」

「そんな……違います、殿下」

慌てて否定しても、皇子の厳しい目つきは変わらない。

「いまだに俺を殿下と呼ぶのも気に入らんな」

言葉と同時に、ムスタファ皇子がくるりと体勢を変える。

いきなり上からのしかかられて、七海は息をのんだ。

皇子は七海のそばに手をついて、もう片方の手ですっと顎を捕らえる。

びくりとなった瞬間、皇子はそっと端整な顔を近づけてきた。

「俺の名前はムスタファだ。そして、おまえは俺と生涯をともに歩む伴侶。わかったか？」

傲慢な言い方をされて、七海は逆に胸を震わせた。

しっかりと愛されている。

その気持ちが伝わったからだ。

「ぼくも……愛してます。……ムスタファ……」

七海は愛の言葉とともに、初めて皇子の名前を呼んだ。

愛する皇子は再びふわりと極上の笑みを見せ、そのあとゆっくり口づけてくる。

七海はそっと腕を伸ばして、皇子の甘いキスを受け入れた。


――終――

あとがき

こんにちは。秋山《あきやま》みち花《か》です。『皇子の小鳥～熱砂の花嫁～』をお手に取っていただき、ありがとうございます。

せら先生の麗《うるわ》しいイラストでお送りする「アラブ花嫁シリーズ」、まさかの五冊目発行となりました。これも、ひとえに応援してくださる読者様のお陰だと、心より感謝しております。

「夏アラブ」に始まり「春」「秋」「冬」と続いたので、季節はひと巡りしました。（小説の中の季節ではなく、単に発行時期にちなんでの呼称ですが）それじゃ、今回のは何アラブなの？　十一月発売になりましたので「晩秋アラブ」？　いや、それはちょっと寂しい感じがするので、「秋アラブ第二弾」といったところでしょうか（笑）。いずれにしても、こんなに長く書かせていただいて、作者としては嬉しい限りです。

さて、このシリーズですが、毎回主人公が違います。そして、今回は第五弾にして初めて「ド」のつく王道アラブに挑戦してみました。秋山の中の「ド・王道アラブ」設定は、儚い日本人青年が、来日したアラブの皇子様に見初められ、強引に熱砂の国へと連れ去られる。そしてハレムに閉じ込められて、夜《よ》な夜《よ》な可愛がられるという展開です。読者様は驚かれるかもしれないのですが、意外にもこの「ド・王道アラブ」は初挑戦なんです。自分でも不思議なくらいですが、日本で出会って連れ去られるバージョンは、今まで書いたことがありません。いやぁ、初挑戦だっただけに苦労しました。そして苦労に倍する勢いで、書いてて楽しかったです。

というわけで、荒々しい雰囲気のムスタファ皇子に連れ去られる七海《ななみ》の恋物語、少しでも楽しんでいただけると嬉しいです。

せら先生には、今回もステキな挿絵をつけていただきました。可愛い七海と、本当にかっこいいムスタファ皇子、最高です。ありがとうございました！

ダメ人間の秋山を見捨てずにいてくださる担当様をはじめ、編集部の皆様、制作に関わってくださった方々にも感謝いたしております。

そして何よりも、本作をお読みくださった読者様に、心より御礼を申し上げます。ありがとうございました！　ご感想やリクエストなどお待ちしておりますので、よろしくお願いします。また次の作品でもお会いできれば嬉しいです。

秋山みち花　拝

CROSS NOVELS既刊好評発売中

きみがいれば大丈夫

てのなるほうへ

栗城 偲

Illust 小椋ムク

それは昔々。他の妖怪たちに顔がないからと仲間はずれにされた寂しがりやの妖怪・のっぺらぼう。顔を狐面に隠し、ひとりぼっちで愛する誰かを待っている。そして二百年──。

一般企業に勤める中途失明者の巽は職場で浮いた存在なのを自覚していた。そんな巽の唯一の楽しみは狐面を拾った縁で出逢った男・草枕と過ごすランチタイム。古くさい言葉遣いでちょっと浮き世離れしているけれど真っ直ぐ巽と向き合ってくれる彼に、いつしか恋心が芽生えていく。そんな時、巽のまわりで不思議なことが起こりはじめ……!?

CROSS NOVELSをお買い上げいただき
ありがとうございます。
この本を読んだご意見・ご感想をお寄せください。
〒110-8625
東京都台東区東上野2-8-7　笠倉出版社
CROSS NOVELS 編集部
「秋山みち花先生」係／「せら先生」係

CROSS NOVELS

皇子の小鳥 —熱砂の花嫁—

著者
秋山みち花

2015年11月23日　初版発行　検印廃止

発行者　笠倉伸夫
発行所　株式会社　笠倉出版社
〒110-8625　東京都台東区東上野2-8-7　笠倉ビル
[営業]TEL　0120-984-164
FAX　03-4355-1109
[編集]TEL　03-4355-1103
FAX　03-5846-3493
http://www.kasakura.co.jp/
振替口座　00130-9-75686
印刷　株式会社　光邦
装丁　磯部亜希
ISBN　978-4-7730-8810-6
Printed in Japan